AF295100

*Den som icke inbillar sig att han är någonting
är mycket mer än han tror.*

Johann Wolfgang von Goethe

Sven-Erik Hemlin

Den ofrivillige agenten

© 2021 Sven-Erik Hemlin
Illustration: Free ClipArt
Korrekturläsning: Peter Carlbom
Förlag: BoD – Books on Demand, Stockholm, Serige
Tryck: BoD –Books on Demand, Norderstedt, Tyskland
ISBN: 978-91-8007-058-4

Kapitel 1

Med en tyst svordom drog Gerhard Svensson upp den kletiga klump av svart hår som täppt till tvättställets avlopp. Det enda katastrofen Hasse Aronsson skickat hem till honom lämnat efter sig, tänkte han. Den som Hasse sagt var fritt fram att klippa biljetten, någonting som aldrig skulle fallit honom in. Det skulle varit att utnyttja henne om hon verkligen suttit trångt till som Hasse sagt.

Hasses kommentar om att klippa biljetten hade han inte brytt sig om, den jargongen hade han alltid när det gällde tjejer. Inte bara om tjejer, han hade en förmåga att överdriva allting. Om hon varit villig hade hon i alla fall inte gett honom en vink om att det. Fritt fram hade det definitivt inte varit, snarare hade hon verkat skygg så snart han kommit i närheten av henne.

Han borde ha sagt ifrån när hon utan att fråga tagit över hans sovrum, men det hade han alltid haft svårt för. Själv hade han därför tvingats sova på den knöliga soffan i vardagsrummet. Du har ju bara en säng, hade hon sagt. Han hade ytterligare ett litet sovrum som han själv haft som sitt, numera var det snarare där allt skräp hamnade. Om hon hade betalat för sig hade det varit en helt annan sak, men det hade hon inte.

Visst hade hon varit ganska snygg men han hade genom några smärtsamma upplevelser lärt sig att de tjejer som varit snyggare än genomsnittet hade haft vassa hörn som lämnade osynliga blåmärken efter sig. Kanske hade det berott på hans vanliga otur, men de tjejer han träffat hade älskat sig själva mer än honom.

Kanske just därför hade han varit på sin vakt eftersom han redan när hon stått framför honom känt någonting som liknat obehag, en känsla av att det var någonting som inte stämt. När han märkt att hon rotat bland hans saker under tiden han var på jobbet hade den känslan förstärkts.

En kvinna vet inte att en man hittar vad han söker hur oredigt det än är hade hans pappa sagt. Hon hade flytta på saker han visste var han lagt dem. Eftersom det inte funnits någonting av värde att stjäla hade han inte grubblat över varför.

Men hennes underliga beteende hade gjort att han inte låtit henne få extranyckeln. Han hade därför inte blivit förvånad när han kommit hem en sväng från jobbet och hon inte varit hemma och lämnat dörren olåst. En snabb titt in i sovrummet hade släckt hoppet om att hon stuckit iväg när han sett hennes lilla resväska.

När han sedan kommit hem efter jobbet hade hon suttit framför teven utan att ens titta på honom. Men kylskåpet hade nästan alltid varit tömt på det lilla innehåll som funnits. För att undvika laga mat hemma hade han fått offra pengar på hämtmat som han ätit på jobbet. Vad hon levt på mer än smörgåsar hade han inte brytt sig om, men hon hade då inte lagat mat.

Det var inte många ord de sagt till varandra under de nästan tre dagar hon stannat. Hon hade hållit sig på sin kant och inte varit något trevligt sällskap precis. Han hade inte saknat henne efter att hon försvunnit från hans lägenhet. I princip hade hon bara gått och tagit sin lilla väska med sig utan att ens tacka för dagarna hon bott och ätit mackor på hans bekostnad.

Nu skulle ha få vara för sig själv igen tänkte han och tvättade händerna. En hastig blick på telefonens display visade att biblioteket snart skulle öppna och han gick ut i hallen för att sätta på sig jackan och skorna.

Kapitel 2

Tidigt på förmiddagen vid öppningsdags var det nästan folktomt på biblioteket. De enda var ett äldre par som satt framme vid fönstren mot gatan där det var bättre ljus att läsa. Många äldre hade precis som han inte råd att ha en dagstidning hade han hört.

Gerhard gick fram till ett bord i hörnet och lade böckerna han lånat framför sig. Fy sjutton, lördagar är pyton, muttrade han halvhögt för sig själv.

– Jaså, varför det?

Den mörka släpiga rösten fick Gerhard att hoppa till på stolen. Han stirrade på den gamle mannen som utan att fråga om lov satt sig mitt emot honom. Man ska alltid se folk i ögonen hade han blivit förmanad, men när de fick ögonkontakt kände Gerhard en rysning. Inbillning eller inte men han fick en underligt känsla att mannen försökte läsa hans tankar. Den känslan fick honom att göra en ansats att resa sig från bordet men mer blev det inte när mannen började tala.

– Ta det lugnt grabben, jag blev bara nyfiken på varför du tycker att lördagar är botten. Du förstår, vid min ålder är dom flesta dagarna botten, men du är ju ung. Har inte livet blivit som du tänkt dig?

– Jag kan inte komma på att jag haft drömmar om livet, lyckades Gerhard få fram. Det är väl som pappa brukade säga, det är bara att hänga med så länge det går. Han fick inte hänga med så länge för han blev bara femtiotvå.

Mannen satt tyst och det var som om det Gerhard sagt blivit hängande i luften. Den gamle mannen gnuggade ansiktet med båda händerna vilket gjorde att en klocka gled fram ur rockärmen. Inte vilken klocka som helst, för utan problem kunde Gerhard se Rolex på urtavlan. Kläderna såg gamla och slitna ut, men tydligen hade den gamle mannen pengar, eller så hade han lyckats köpa en piratkopia.

Tankegångarna avbröts när mannen tyst sa:

– Jag beklagar verkligen att du mist din pappa. Många gånger behövs en pappas stöd och just nu verkar du vara i den situationen.

– I vilken situation då?

– Får jag gissa att det är ont om jobb i den här lilla stan och du tvingas hanka dig fram på småpengar. Jag vet att för många unga är det ganska kärvt och svårt att få jobb det går att leva drägligt på, men det är ju så det ser ut nuförtiden.

– Ska man gå efter EU:s fattigdomsgräns ligger jag nog bra nära den med det lilla jag får behålla efter skatt. Fast ett välbetalt jobb kan man sluta drömma om det är bara korttidsanställningar på sex månader som gäller i bästa fall.

Gerhard visste inte varför, men kom på sig själv att berätta om sitt händelselösa torftiga liv där böcker gav honom möjlighet till verklighetsflykt från allt eländes elände. Mannen satt hela tiden tyst och lyssnade.

– Men hur skulle du göra om du fick chansen att få ett jobb någon annanstans? sa han. Man måste se det som ett spel där man kan ta hem en rejäl pott. Man måste våga för att vinna. Vem vet, en dag sitter du kanske där med en vinstlott eller ett nytt spännande liv.

– Spel! Gerhard gav ifrån sig någonting som kunde liknas vid ett skratt. Med min skitlön har jag inte råd att spela. Lägger man dessutom till en efterhängsen otur så ja, det trasslar till sig för mig när jag minst anar det. Som det här med att jag nu i veckan fick jag ett knasigt fruntimmer på halsen som en kompis skickat över. Har svårt för att säga nej men i det här fallet skulle jag gjort det.

– Kanske du är för snäll eller rädd för att stöta dig med folk. Det har kanske inte med otur att göra utan du trasslar till det för dig själv på egen hand.

– Har aldrig grubblat över varför saker händer mig men det verkar bli fel hur jag än gör. Men skulle jag som ni säger få ett jobb med bra betalt någon annanstans skulle jag nog ändå vela fram och tillbaka. Jag är inte bra på att ta vara på chanser. När det gäller att flytta känns bara tanken skrämmande eftersom jag bott här sen jag blev född.

– Så kan man också se det. Har svårt att se vad den här stan kan erbjuda.

Den gamle mannens ord fick honom att tänka efter. Mannen hade alldeles rätt, det var en håla. I ett försök att förklara sig sa han:

– När pappa dog flyttade mamma tillbaka till där hon kom ifrån. Varför jag blev kvar här kan man fråga sig. Ingen skulle sakna mig om jag flyttade, men ändå är det liv jag lever det gamla invanda. Det känns tryggt helt enkelt.

Mannens låga skratt lät som ett svagt mullrande och kom minst sagt överraskande men skrattet tystnade efter en stund.

– Du gav själv svaret på om du kan tänka dig att flytta, eller hur? Du har ingenting som håller dig kvar här. Jag är en ganska bra människokännare och jag har en känsla av att du skulle klara av ett ansvarsfullt jobb.

– En intelligensbefriad skulle ha klarat av dom jobb jag haft. Jag har fel utbildning för dom jobb som finns. Men det här med att flytta till en annan ort är jag antagligen för feg att våga mig på. Jag har svårt att få kontakt med obekanta människor och det är ju vad som väntar vid en flytt.

– Jag ser det som att det är det som är tjusningen. Att träffa nya människor. Jag är ju obekant men jag tycker det gått bra för dig att pratat med mig. Jag tror fullt och fast på dig och tror att du kommer att klara dig alldeles utmärkt i framtiden.

Gerhard hade väntat att mannen skulle fortsätta prata men istället plockade han fram ett svart etui från innerfickan och lade det på bordet.

Gerhard stirrade förvånad på mannen sedan på etuiet.

– När jag har gått stoppar du det här i fickan, för det är en gåva från mig. Man kan säga att det är en grej som jag hoppas kommer att ge dig tur. Förhoppningsvis skall det hjälpa dig att hitta dig själv, men också att andra kan göra det. Du kan se det som början på ett betydligt roligare och mer spännande liv. Men för att få det, är det upp till dig själv. Jag tror du är mogen att förändra ditt liv. Om jag inte har fel är det vad du innerst inne drömt om. Inte minst måste allt du läst fått dig att dig drömma om ett annat liv än det du lever nu.

– Det jag läst är ju bara påhittat, men spänningen att få pengarna att räcka till är den verklighet jag lever i. Jag förstår inte vad det här samtalet har handlat om. Vågar jag fråga varför du är så intresserad av just mig?

– Fråga kan du alltid göra, men varför inte vänta och se om det jag sagt fungerar.

Förvånad såg Gerhard mannen resa sig från bordet och nickade som avsked. Med en smidighet som minst av allt förde tankarna till en gammal man försvann han snabbt runt hörnet.

Gerhard kom på sig själv med att ruska på huvudet. Mycket knasigt hade han varit med om, men det här liknade ingenting han varit med om. Vad var det som hänt?

Han tvekade lite men tog sedan upp etuiet från bordet och öppnade det. Förvånad såg han att det innehöll ett brett silverarmband med en bred platta på vilken det stod Gerhard ingraverat med en liten blå pärla ovanför namnet.

Hur kunde det vara möjligt att den gamle mannen visste hans namn …? Han stängde fodralet och stoppade det i innerfickan. Med böckerna under armen skyndade han iväg för att få tag på mannen och få en förklaring.

Väl ute på gatan såg han åt båda hållen men kunde inte se annat än några småungar på cykel. Hur kunde det vara möjligt att mannen försvunnit på så kort tid? Med huvudet fullt av det som nyss hänt började han sakta gå hemåt.

Han var alldeles för långt borta i sina tankar för att märka cykelstället och gick in i den första cykeln och böckerna han haft under armen föll ner på trottoaren i gluggen mellan två cyklar.

Svordomen över de tappade böckerna överröstades av ljudet från en motorcykel som hastigt närmade sig honom bakifrån. Mumlande för sig själv gick han ner på knä för att plocka upp böckerna. Han uppfattade samtidigt det dånande ljudet från motorcykeln som passerade alldeles bakom ryggen. Förvånad såg han hur bakändan på cykeln bredvid honom slungades iväg och slog in i husväggen.

Han vred på huvudet och såg hur den som satt bak på motorcykeln kämpade för att hålla sig kvar när den vinglade fram på trottoaren och försvann runt hörnet på det långa hyreshuset.

När han kastade en blick på den kvaddade cykeln såg han en rostig kedja som lindats runt sadelstolpen och ramen. Framhjulet som var fastlåst i cykelstället var vridet som en kringla.

Idioter fanns det gott om men varför kvadda en cykel med en kedja? Hade han inte gått ner på knä hade han blivit träffad. Tur i oturen hade han haft. Han borstade av böckerna men glömde snabbt bort det som hänt. Istället grubblade han över vem den gamle mannen kunde vara. Var det någon han borde känt igen? Om inte, hur hade hans namn kunnat vara ingraverat på armbandet? Under promenaden hem kom han inte på något svar.

Kapitel 3

Hon var helt klädd i brunt, från den toviga toppluvan ner till de grova kängorna på fötterna. Hennes intetsägande yttre skulle om någon kommit i trappuppgången, inte kunna beskriva henne i efterhand. Hennes klädsel gjorde henne till en person som inte drog blickarna till sig.

Utan brådska kontrollerade hon att hårstrået som placerats över dörrspringan var nästan omöjligt att upptäcka. Därefter lyfte hon blicken mot taket. Den lilla övervakningskameran var inte mycket större än en fingerborg och den var i det närmaste osynlig eftersom den smälte ihop med det vita taket bredvid taklampan.

Nöjd med resultatet, plockade hon ur en rymlig tygväska upp en surfplatta för att testa. Efter en stund kunde hon på den lilla skärmen se sig själv i bild klart och tydligt. Nöjd med resultatet stoppade hon tillbaka plattan i väskan.

Omedvetet rullade hon på axlarna som en boxare innan hon ur jackfickan plockade upp ett par gammaldags glasögon med runda glas som hon vecklade upp och satte på sig. Utan att vara medveten om det vred hon rutinmässigt väskan bakom ryggen och gick snabbt nerför trappan.

Vid porten ut mot gatan stannade hon, sköt upp glasögonen i pannan och lät blicken svepa utefter gatan genom den stora glasrutan. Hennes bil stod parkerad vid trottoaren nästan mitt för porten. Lång träning att lägga märke till ovidkommande detaljer gjorde att hon såg ett litet blått föremål under bilen. Det kunde vara vad som helst, men det hade inte legat där när hon parkerat bilen, därför måste hon ta det säkra för det osäkra..

Ur jackfickan plockade hon fram en liten fickspegel med en bit dubbelhäftande tejp på baksidan. Efter att ha tagit bort skyddspappen från tejpen fäste hon spegeln på den vänstra skons översida.

Rutinmässigt lät hon blicken svepa längs gatan åt båda hållen. En stor svart Dodge pickup som stod parkerad ett femtiotal meter från där hon stod kände hon igen. Den hade dykt upp alldeles för ofta de senaste dagarna för att det skulle vara en tillfällighet att den stod där.

Hon öppnade dörren och gick utan brådska fram till sin bil. Under tiden hon riktade in foten så att underredet syntes i spegeln klappade hon på sina jackfickor som om hon letade efter bilnycklarna. Amatörer, muttrade hon för sig själv när hon i spegeln såg föremålet som var fastsatt med blå tejp vid katalysatorn på avgasröret, men alla hennes sinnen skärptes och adrenalinet började pumpa i kroppen.

Utan brådska gick hon in i trappuppgången för att vara skymd för de som antagligen placerat sprängladdningen under hennes bil. Under tiden hon tittade genom fönstret på porten ner mot den svarta bilen plockade hon upp en mobiltelefon ur fickan.

– Fnurra på tråden? hörde hon den välbekanta rösten svara.

– Snarare är en tråd kopplad till någonting vid katalysatorn.

– Jag tar hand om det.

Efter det kortfattade beskedet, knäppte hon av telefonen och stoppade den i fickan, plockade bort spegeln och rättade till glasögonen.

Hon tog några djupa andetag innan hon öppnade porten. Något som kunde liknas vid ett leende syntes i hennes ansikte när hon rättade till väskan så att den hamnade på ryggen och drog ner dragkedjan på jackan. Hon stack in handen och fattade tag om kolven på den pistol, som satt lättåtkomligt under vänstra armen i ett läderhölster.

Ute på trottoaren låtsades hon tveka, men gick sedan med snabba steg i riktning bort från den svarta bilen. Efter att hon gått bara några meter, kunde hon höra det dova mullret när en kraftig V8 motor startade och hon skyndade sig att runda gathörnet för att bli skymd av huset hon just lämnat.

Snabbt sjönk hon ner på knä i skydd av den låga häcken som växte längs trottoaren. Hon behövde inte ens tänka eftersom övning och erfarenhet tog över vilket fick henne att smidigt lägga sig platt på marken. Med pekfingret sköt hon upp glasögonen i pannan lyfte på överkroppen och drog pistolen ur hölstret.

Mullret kom närmare och hon tog stöd med armbågarna mot stenplattor på trottoaren. Med invand rörelse osäkrade hon pistolen och fattade den med båda händerna med pistolpipan riktad uppåt.

Det kraftfulla motorljudet kom närmare och bilen dök upp i hennes synfält och stannade upp mitt i korsningen snett framför henne. Hon hade bara sekunder på sig innan mannen med överkroppen utanför sidofönstret iförd rånarluva och ett automatgevär i händerna skulle se henne. Hon kände igen vapnet som en Kalasjnikov AK-47 med kort pipa.

Mannens tvekan visade att han väntat sig se henne gå på trottoaren, istället befanns hon sig snett bakom bilen vilket gav henne tid att sikta på backspegeln och skjuta. Mannen försvann snabbt in i bilen när backspegeln krossades. Automatgeväret som var utanför bilfönstret pekande uppåt. Ett mäktigt vrålande ljud från den starka motorn och däckens tjutande skingrade tystnaden när föraren gav full gas. Snabbt sköt hon två skott mot ett av bakdäcken. Hon var säker på att ha träffat, när bilen med vrålande motor slingrande sig nerför gatan.

Hon reste sig och stoppade pistolen i hölstret men släppte inte bilen med blicken förrän den försvann runt ett gathörn. Förhoppningsvis skulle mannen inse att hon skjutit ett varningsskott, nästa gång skulle någon bli skadad. Men det skulle inte bli hon. Hon borstade bort det värsta dammet från jackan och den långa kjolen.

– Nu förstår jag varför du var så ivrig att jag skulle komma hit, muttrade hon tyst för sig själv.

Det var ingen tillfällighet att några började bli närgångna. När det inte gått att skrämma henne var de beredda att ta till hårda tag. Men allt hade varit så hemlighetsfullt. Undrar vad han satt igång eftersom det tydligen behövs hjälp att städas upp av någon som kan. Av någon underlig anledning kände hon sig manipulerad. Känslan att verkligen testas vad hon kunde. Kanske hade besöket hon tänkte göra en del i det. Hon hade inte tänkt göra det men hennes nyfikenhet hade väckts.

Det avgörande hade varit att det var onödigt att hon gjorde resan. Men om hon absolut ville så ... Shit! Hon måste kolla upp för att vara säker.

Hoppas inte det besöket kommer att bjuda på obehagliga överraskningar, tänkte hon och gick samma väg tillbaka som hon kommit..

Kapitel 4

De första tecknen på att våren var på väg märktes utanför fönstret. Men det såg inte Gerhard när han bläddrade i en gammal annonstidning som blivit liggande på köksbordet. Trots lappen han satt upp ovanför brevinkastet på vilken han textat: Ingen reklam! Trots det hamnade ändå högar med reklam nedanför brevinkastet varje vecka.

Han gned lite förstrött en fläck på byxbenet som var bara en av de små olyckshändelser han vant sig vid. Oturen hade vad han kunde minnas hängt med ända sedan barndomen och drabbade honom alldeles för ofta. Han hade råkat ut för det mesta. Inga allvarliga saker, men självkänslan fick sig en törn varje gång någonting hände.

En del saker som hänt hade varit självförvållade, vilket han själv ansåg berott på att han tänkt på annat. Han hade inte berättat för den gamle mannen om sina dagdrömmar. Vad han drömt om var ju rena fantasierna. Hur skulle det se ut om han var huvudpersonen i berättelser han läst och där han till slut fick den vackra kvinnan som varit utsatt för fara? Den gamle mannen skulle säkert ha skrattat.

Verkligheten var ett i stort sett händelselöst liv under de snart tjugoåtta år han levt. Om han bortsåg från de ständigt återkommande olyckshändelserna som gjorde honom påmind om en efterhängsen otur. Att klockradion strejkat och att han råkat stöta högra stortån mot benet på sängen, var inte mer än han kunde förvänta sig av en måndag.

Men egentligen var det inte bara måndagar som var hans otursdag. Övriga veckodagarna var inte ett dugg bättre även om måndagar kändes som speciella otursdagar. Att ständigt ha otur hade han funnit sig i och försökt ta olyckor som hänt som de kommit.

Att finna sig i en efterhängsen otur hade blivit en form av livsfilosofi och det fungerade. När stortån slutat värka och vikariatet vid polishuset till största delen innebar att sopa och spola golvet i polishusets garage, kunde han ta både olyckan med tån och att han försovit sig med ro.

På förmiddagarna var det ingen som saknade honom på jobbet. Två gamla poliser som knackade pekfingervalsen hela dagarna på sina datorer de inte begrep sig på, satt bara av sin tid fram till pensionen. De hade nog med sitt och hade aldrig någon åsikt om vad han gjorde. Egentligen var det fel att kalla det för en polisstation eftersom den mest användes som värmestuga av de poliser som var ute på vägarna i området

Av någon underlig anledning vaknade han vid åttatiden när klockradion strejkat, vilket hände titt som tätt. När han glömt stänga av väckningen en helg fungerade den alltid. Han kastade en blick på den gamla köksklockan och såg att den hunnit bli fem i halv nio och ungar som av skilda skäl inte gått till skolan levde rövare på gårdsplanen.

Han snurrade på armbandet han fått av den gamle mystiske mannen. Det mest mystiska hade varit att gatan utanför biblioteket varit tom åt båda hållen när han skyndat efter mannen. Kanske hade mannen bara haft runt en minuts försprång. Det borde känts kusligt, men av någon underlig anledning hade han upplevt det som att mannen verkligen menat det han sagt. Ett mer spännande liv hade han sagt, men på vilket sätt?

Gerhard kunde inte låta bli att le för sig själv. Var det den gamle mannen som skickat Tanja, som hon sagt sig heta. Det var bara några dagar före innan han träffat den gamle mannen som hon bott hos honom. Inte alls omöjligt att det varit en sorts test.

Han hade inte ens funderat över på vilket sätt hon fått kontakt med Hasse Aronsson som skickat henne till honom. Hans bekantskap med Hasse sträckte sig inte längre än att de jobbat vid samma firma i sex månader. Gerhard såg honom som en bekant, men enligt Hasse sätt att se på det var de kompisar.

Tanja hade varit snygg men kanske det mest framträdande varit att hon verkat skygg. Han visste inget om henne, kanske hade hon anledning till att vara det. Hon kanske drog alla karlar över en kam, skitstövlar fanns det gott om.

Just den skygga blicken hade gjort att han inte kunnat säga nej eftersom Hasse lovat henne att få bo hos honom några dagar. Hon hade betett sig underligt de dagar hon bott hos honom, pratsjuk hade hon definitivt inte varit. Skulle inte förvåna om det var gubben som skickat henne tänkte han och plockade ner kaffeburken från skåpet

Efter att ha satt på kaffebryggaren slog han sig ner vid köksbordet och ägnade sig åt att slötitta på ungarna som lekte ute på gårdsplanen. Gårdsplan förresten, den brukade för det mesta likna ett slagfält, eller rättare sagt, vad som blivit kvar på ett efter en rejäl batalj. Slängda leksaker låg överallt vilket inte var konstigt eftersom det bodde många barnfamiljer i de gamla kåkarna som byggts någon gång på fyrtiotalet när farfar var ung.

Det var fler än han som ansåg gårdsplanen vara som ett slagfält. Fru Svensson på andra våningen hade råkat ramla och bryta lårbenshalsen efter att ha stigit på en av de otaliga leksaker som fanns slängda överallt. Leksaker kunde vara lika farliga som trampminor. Eftersom lampan vid porten ofta var trasig, var det fler än han som såg likheter med att gå genom ett minerat fält när det var mörkt.

Nackdelar med att bo i ett gammalt hus med mycket ungar fanns det gott om. Enda fördelen var den billiga hyran. För den som tvingades hanka sig fram på överlevnadsbidrag, var lägenhet med låg hyra som en skänk från ovan. Jobb växer inte på träd var en klyscha han ofta hört sin kontakt vid arbetsförmedlingen säga men det var samma sak med billiga lägenheter.

När kaffebryggaren slutat spotta och fräsa och han var på väg att resa sig från köksbordet, råkade han kasta en blick genom fönstret och hela gårdsplanen förändrades i all hast. Det var ingen sopmaskin som börjat städa upp utan på den kvinna som kom genom öppningen i den låga muren som omgärdade gårdsplanen.

Det var inte vilken kvinna som helst. Hon var vad han vid en hastig blick kunde se helt perfekt från topp till tå. Hans första tanke var att hon såg ut som en Barbiedocka med böljande långt blont hår. Han brukade skryta över sitt fotografiska minne, nu kom han på sig själv med att plåta minnesbilder av henne för brinnande livet.

Han kunde se att hon var elegant klädd i en kort kappa och med en svart diplomatportfölj i ena handen. Eftersom det hon hade på sig inte liknade en jacka, antog han att det var en kappa. Ett skärp var knutet i midjan och kappan var så kort att den inte gick längre ner än på halva låren.

Han inte kunde se tillstymmelse till kjol sticka fram och då måste den vara ännu kortare än kappan, flög det genom hans huvud. Han lät blicken svepte ner över hennes långa formfulländade ben ända ner till de svarta högklackade skorna.

Han kvävde en suck när hon försvann ur hans synfält. För en kort sekund kände han sig avundsjuk på den person som skulle få besök av henne. Han hörde gnisslandet från porten när den öppnades, sedan kom skrällen när den slog igen. Skrällen fick som vanligt köksfönstret att skallra. Han lyssnade och efter en kort stund kunde han höra klappret från hennes skor i trappan. De klapprande stegen tystnade i samma ögonblick som det ringde på hans dörrklocka.

Eftersom hans dörr var den första till vänster på den första trappavsatsen, föll det sig ganska naturligt att en försäljare började vid hans dörr. Med drygt en vecka kvar till dess månadens överlevnadsbidrag skulle komma fanns bara två hundringar kvar i plånboken, vilket betydde att han bara hade råd med det absolut nödvändigaste..Vad hon än hade att sälja skulle han säga nej. Med den tanken i huvudet gick han och öppnade dörren.

– Hej, du heter Gerhard Svensson, eller hur, sa hon.

Det var ingen fråga, bara ett konstaterande. I och för sig inte så konstigt, eftersom namnet stod på dörren.

– Jo, det stämmer. Vad är det fråga om, lade han försiktigt till.

– Hasse Aronsson sa att du börjar jobba klockan halv nio så jag skyndade mig hit. Det strulade till sig lite för mig, men tydligen har du försovit dig, sa hon.

Hennes slutledningsförmåga var alldeles riktig, men det sa han inte till henne. I stället sa han spontant:

– Hasse Aronsson den brakskiten. Vad har han hittat på nu då?

Av leendet som blommade upp i hennes ansikte förstod han att hon verkligen träffat Hasse. Det var över en vecka sedan han senast sett honom, men antagligen hade han varit som vanligt. Vad han kunde minnas hade han alltid varit rödögd och plufsig i ansiktet tillika med att dofta gammal öl och vitlök.

– Det var en träffande beskrivning av honom, sa hon. Brakskiten du kallade honom för, sa att jag kanske med lite övertalning skulle kunna få bo hos dig några dagar. Han skulle lägga ett gott ord för mig vilket kostade mig några starköl. Han har väl ringt? sa hon.

– Nej, inte igen, kraxade Gerhard fram eftersom rösten skar sig.

– Menar du ölen, eller att han inte har pratat med dig? sa hon.

– Inte efter förra gången han gjorde det.

– Tydligen gillar du kryptiska svar, men jag vill veta om det betyder att han gjort så här tidigare.

– Han har gjort det en gång, men det räcker. Det var i förra veckan han skickade hit en tjej.

– Tydligen var det en dålig erfarenhet, sa hon och log.

– För att uttrycka det milt var det en katastrof, sa han och försökte sig på ett leende men det blev bara en ryckning i ansiktsmusklerna.

– Betyder det att ditt svar är nej? Att du inte vill hyra ut åt mig?

Med frågan hängande i luften kändes tanken på att ha henne inneboende hos sig några dagar svindlande. Hur Hasse träffat henne eller varför han tipsat henne om att få hos honom, var frågor som bara flaxade förbi.

Visst hade han blivit bränd av den Hasse skickat över tidigare, men det här var en helt annan sak. Även om han måste sova i den stora sopcontainern som stod en bit från huset, skulle han aldrig kunna säga nej.

– Nej, det ska väl gå bra, sa han med blicken irrande runt utan att se på henne.

– Då gör vi så att jag kommer vid sextiden ikväll. Vi ses, sa hon och försvann nerför trappan.

Hennes utbildning och tuffa jobb hade lärt henne läsa människor för att överleva. Hon hade varit förberedd på att möta en jämlike, det hade inte alls blivit vad hon tänkt sig. Omedvetet tuggade hon på underläppen och tankarna for runt i huvudet.

Det hela måste vara ett skämt! Men signalen från hans sändare stämde, alltså måste det vara han. Om det inte var ett skämt hade hon verkligen träffat ett proffs. En som kunde spela rollen som ofarlig tönt. Småskrattande för sig själv tog hon upp mobilen ur fickan. Snabbt skrev hon ett SMS och skickade. Efter en kort stund fick hon svar.

Inget skämt, blodigt allvar.

Snabbt skrev hon: *Vem är han egentligen?*

Svaret dröjde en stund, men när det kom stirrade hon förvånad på texten.

Någon du kommer lära dig att gilla efter att ni börjat jobba tillsammans. Döm inte hunden efter håret.

Killen hade verkat vara en dagdrömmare och minst sagt naiv. Men tydligen var han ett fullblodsproffs som höll låg profil och kunde smyga under radarn. Herman var känd för att alltid anlita de bästa.

Kanske hade hon varit för snabb att döma honom. Omodern frisyr och slarvigt klädd men med mjuka ögon. De närmaste dagarna skulle säkert visa vad han går för, tänkte hon och ett leende spreds i hennes ansikte.

Kapitel 5

Gerhard skämdes lite över att hans mamma var besviken på honom. Hon hade all anledning att vara det för han hade läshuvud, men bara sparsamt använt sig av det. Eftersom han från tidig ålder älskat att läsa, kunde han förstå hennes besvikelse. Men just lusten att läsa, hade fått honom att läsa betydligt mer av andra saker än läxorna i skolan.

Antagligen var hans mamma även besviken över att han ännu nio år efter den påtvingade treåriga förvaringen i gymnasiet, inte lyckats hitta ett fast jobb med hyfsad inkomst. Det berodde inte på dåliga betyg, för slutbetyget var faktiskt hyfsat och tålde att visas upp. Egentligen var det en felsatsning på utbildning som gjort att han alltid hamnat på fel jobb. Inte bara fel jobb utan också några gånger hamnat vid firmor som gått i konkurs efter bara några månader och det hade trasslat med att få ut lönen.

Ointressanta jobb hade inbjudit till att smyga undan och läsa, eller att använda dagdrömmar till att få tiden att gå. Det påtvingade vikariatet som vaktmästare i polishusets garage var ett ointressant jobb. Han var glad över att inte hamnat på ett jobb där stämplingsdagar försvann, men det som hamnade på lönekontot var nästan lika uselt..

Eftersom han höll på med att spola golvet som var ett rutinmässigt jobb som bara fordrade att han höll i slangen, dagdrömde han som vanligt. Mest om tjejen som skulle komma klockan sex och vad det kunde föra med sig.

Han kände sig därför yrvaken, när han kom underfund med att någon ropat Gerhard Svensson. Det hade aldrig hänt tidigare på något jobb, trots att han hette så. För det mesta brukade någon av de poliser som kom in för att äta, värma sig eller fika säga: Du, vad du nu heter, kan du sticka och köpa kaffebröd till fikat.

Förvånad upptäckte han att trots den ganska grova rösten var det en kvinnlig polis som ropat. Han hörde henne ropa någonting mera, men ljudet i polisgaraget hade en förmåga att förvrängas när någon ropade på avstånd. För att höra vad hon ville släpade han slangen efter sig fram till kranen och stängde av vattnet. Makligt gick han fram mot trappan i andra ändan av garaget för att höra vad hon ville.

Han hade inget minne av att ha sett henne tidigare, därför blev han inte förvånad när hon sa:

– Är det du som heter Gerhard Svensson?

– Annars hade jag inte kommit när du ropade.

Dagen hade tydligen inte varit trevlig för hon verkade vara på dåligt humör och fräste:

– Det hade du väl kunnat ropa på en gång. Hursomhelst ska du till Arbetsförmedlingen. Det var din handläggare som ringde sa att du ska komma dit så fort som möjligt.

Därmed vände hon honom ryggen och med två trappsteg i taget försvann hon uppför trappan. Gerhard förstod att det var slutsnackat för hennes del så han hängde upp slangen på kranen och gick.

Vill du ha ett jobb så skaffa ett själv, för vi kan inte hjälpa dig. Många ansåg att det borde vara Arbetsförmedlingens slogan för det handlade om gör det själv vid datorerna. Nu hade handläggarna själva hamnat i samma sits när kontoret skulle läggas ner. Det var i alla fall vad han hört.

Att hitta nytt jobb var lättare sagt än gjort eftersom den arbetskraft företagen behövde var specialutbildade. Nu var det kris eftersom massvis med flyktingar och invandrare kommit till staden. Politikerna verkade ha förbisett att det kunde hända, dom pratade bara om vikten av utbildning, men själva behövde dom ingen utan sa att dom hade social kompetens som smällde lika högt. Knappast gångbart om dom en gång måste tvingas söka jobb.

De jobb han haft hade precis som politiker inte krävt någon utbildning alls. De flesta jobben hade han inte ens hunnit tröttna på då de varit kortvariga. Korttidsanställning betydde att det tog slut efter sex månader men var i alla fall bättre än praktikplatser som gjorde att dagar försvann från a-kassan.

Tanken slog honom att ett nytt vikariat väntade, men det skulle knappast bli en fortsättning vid polishuset. Han lutade sig mot informationsdisken och väntade att tjejen som satt bakom en plexiglasskiva skulle sluta fila naglarna.

– Jag fick ett telefonsamtal till jobbet att jag skulle komma hit på direkten, sa han när hon aldrig tycktes bli klar med naglarna.

– Det är inte jag som ringt i alla fall, sa hon. Vad heter du?

– Gerhard Svensson.

– Jag har inte hört någonting om det, sa hon. Men vilken handläggare har du?

– Enligt det senaste papperet jag fick härifrån ska det vara Gösta Gustavsson.

– Han är inte här så det måste vara nån annan, som ringt, sa hon

– Jaha, då måste det väl vara Pjuckan, sa han och kom på att det var ju vad han kallade henne. Öknamnet hade han kommit på eftersom hon alltid haft skor som liknat pjäxor på sig. Ingrid Larsson, sa han för att förtydliga.

– Pjuckan, fnyste hon men samtidigt kunde han se ett leende i hennes ansikte när hon tryckte på några knappar och han kunde höra en skorrade röst under disken.

– Ingrid, jag har en Gerhard Svensson här har du ringt efter honom? sa tjejen.

Han uppfattade att rösten under disken sa: Det stämmer, skicka in honom. Det var tydligen det simsalabim som behövdes för att öppna dörren till det allra heligaste, för tjejen viftade med tummen att det var okej att gå in.

Dörren till Pjuckans rum stod vidöppen så han knallade raka spåret in och satte sig mitt emot henne.

– Det var visst bråttom med nånting, sa han.

Hon tittade upp som hastigast från några papper som låg framför henne på skrivbordet men tittade ner igen. Hon var tvungen att hålla undan håret med ena handen, eftersom det envisades falla ner som ett mörkt draperi över hennes ögon. Tydligen var det svårt för henne att hitta det hon sökte men efter att ha bläddrat fram och tillbaka en stund tittade hon upp och sa:

– Hur länge har du haft jobbet vid polishuset?

– Nästa fredag är det slut och då har jag varit där i sex månader. Det är väl knappast fast jobb där du har att erbjuda, hör att det måste sparas in varenda dag.

Hon verkade inte ens ha lyssnat på det han sagt, utan hade vridit huvudet och tittade ut genom fönstret, antagligen på någonting som var mer intressant än att se på honom.

– Minns du jag frågade om du kunde tänka dig att ta jobb på annan ort sist du var här? sa hon utan förvarning och han märkte att hon verkade nervös.

– Minns inte så noga, sa han svävande. Vad är det med det då?

– Du måste ha gjort som jag sa för du har fått ett jobb, men det vet du säkert redan. Har du skrivit ett nytt CV som inte jag vet om? Hur har du annars kunnat bli anställd som säkerhetsansvarig vid ett företag som verkar ha affärer med många länder? Jag såg att företaget heter Ironhammer Inc. så jag kollade upp det. Men vad företaget heter vet du väl redan.

Tankarna for runt i huvudet på Gerhard. Vad ända in i helvete pratade hon om? Någonting hade tydligen blivit fel och det var kanske Pjuckan som ställt till det.

– Jag fattar inte vad du pratar om. Det du säger kommer som en överraskning för mig. Namnet låter inte svenskt och vad tillverkar dom för någonting? Kan det vara hammare?

– Var inte löjlig, det här är allvar, sa hon. Jag har bara fått fram att företaget sysslar med import och export. Det som gör mig orolig är hur det kunnat vara möjligt för dig att få jobbet.

Han kunde inte säga som det var, att han inte hade något minne av att ha sökt jobb vid det företaget, utan stirrade på henne. Tydligen gjorde det henne nervös, för hon tittade bort och snurrade pennan mellan fingrarna.

Vad som slog honom var att Pjuckan knappast kunde vara mer än drygt trettio, så svetten på överläppen han så tydligt såg, berodde knappast på att hon kommit i övergångsåldern. Slutsatsen han kunde dra av det var att hon var nervös så det stänkte om det.

– Det är någonting som inte stämmer med det här, det måste ha skett ett misstag, sa hon efter en stund med darr på rösten.

Gerhard blev inte klok på vad hon pratade om.

– Om det skett ett misstag så inte är det jag som gjort det, sa han spydigt. Om jag inte minns fel stod det i brevet jag fick härifrån för ett tag sen att jag skulle ha Gösta Gustafsson istället för dig. För mig låter det som du gjort något misstag och försöker rätta till nånting som blivit fel innan han ska ta över.

– Det var en tillfällighet att jag tittade och såg det här på datorn i början på förra veckan. Gösta är sjukskriven så det var därför jag fortfarande har hand om dig. Jag utgick från att det blivit något fel och ringde upp företaget och fick prata med ägaren.

– Du har alltså vetat det här en vecka men jag har inte fått veta nånting. Och vad sa ägaren då?

– Han sa att du redan var anställd och att anställningsbevis och andra handlingar skrivits ut och skickats till dig. Allting tycks ha gått genom vår förmedling däruppe. Har du fått några handlingar från företaget?

Gerhard ruskade på huvudet.

– Konstigt, sa hon och gjorde en lustig grimas.

– Minst lika konstigt som när jag fick vikariatet vid polishuset eller hur? Det var ju dom som ville ha mig utan att jag sökt. Kanske har det blivit något fel här så att det i mina papper står att jag jobbar vid polisen. Råkade hitta ett papper på jobbet där det stod att jag var tillfälligt anställd. Var det inte ett vikariat det var fråga om?

– Det har blivit ändringar i databasen som inte jag skrivit in. Det var därför jag trodde att det blivit en förväxling. När jag ringde företaget sa ägaren jag fick tala med att du hade dom kunskaper och kvalifikationer som krävdes för jobbet. Den informationen måste du gett dom, nästan snäste hon.

Gerhard sa ingenting, utan väntade på vad mer hon hade att säga, men hon verkade istället vänta på att han skulle säga någonting. Efter att ha plockat papper fram och tillbaka på skrivbordet sa hon:

– Vad jag sett i dina papper kan jag inte se vad dom menade med kunskaper och kvalifikationer. Jag ringde upp igen för att kontrollera om det inte blivit något fel i ditt fall, men fick prata med en annan person som gjorde klart för mig att allt var klart med din anställning. Att hennes chef aldrig gjorde några misstag.

– Du har ringt och kollat därför att jag fått ett jobb som du tror jag inte är kvalificerad för? Är det så du tänker, eller ...

– Jag vill veta om du undanhållit nånting för mig.

Pjuckans nervositet och tjafs om ett jobb han tydligen fått var inte likt henne. Varför hade hon ringt flera gånger till företaget för att kolla? Istället borde hon vara glad att Arbetsförmedlingen lyckats förmedla ett jobb. Men det var tydligen inte heller bra. Gerhard kunde inte låta bli att stirra på henne.

– Jag skulle behöva veta vilken kontakt du haft med firman och med vilken. För att inte det här ska bli en massa trassel för mig måste jag ha den informationen.

– Av vilken anledning?

– Om du inte ljuger för mig måste det ha skett en förväxling med någon som har samma namn. Jag fattar ingenting.

Det gjorde inte Gerhard heller men väntade på vad hon skulle säga.

– Som du nu är måste du ta det här jobbet, sa hon efter en stund. Enligt den jag talade med är du anställd från den första april. Hon sa att det ingår lägenhet i anställningen också.

– Första april är ju om två veckor! Hur ska jag kunna hinna med att fixa allting. Och inte nog med det, säkert kommer det att ta två månader innan jag får lön. Det här kommer att ställa till det för mig för jag har tre månaders uppsägning på min lägenhet också.

– Kanske det är bäst att jag kontaktar dom igen, sa hon, men det lät mest som om hon talade för sig själv.

– Gör det. Någon har gjort ett misstag men det är i alla fall inte jag. Jag vet inte hur det går till om det är möjligt att få flyttbidrag eller någonting men jag måste ha pengar som räcker fram till första avlöningen. Förresten, var finns det där företaget nånstans?

Hon stirrade som om det var första gången hon såg honom.

– Var inte löjlig, Gerhard, sa hon. Eftersom du sökt jobbet, borde du veta att företaget finns i Sandviken.

– Skulle aldrig falla mig in att söka ett jobb så långt bort och i Sandviken dessutom. Visserligen har jag sökt flera jobb på datorn därute, men det skulle aldrig falla min in att söka jobb där. Träffade grannens grabb som studerar vid högskolan i Gävle när han var hemma och hälsade på och det han sa var att det är en värre håla än här. Att han visste det berodde på att han hade en tjej som bor där. Det är den artonde mars i dag, du kör väl inte ett för tidigt aprilskämt?

Det var det inte, det såg han på Pjuckans oroliga ansikte. Flyktigt slog honom tanken varför hon var så nervös över jobbet han fått, kanske var det hon som gjort en tabbe och fått panik.

– När du verkar ha så stora bekymmer över det här så ring till företaget igen. Nu säger jag inte att det är så, men det kan ju vara så att mina kvalifikationer inte finns i din dator. Har du tänkt på det?

Varför han kastat ur sig det begrep han inte, men han såg hur hon blev likblek i ansiktet.

– Menar du ... Rösten bröts och han såg hur hon knöt nävarna så att knogarna var alldeles vita.

– Ring eller skriv för du vet ju var jag finns än så länge.

Hon verkade inte ens ha lyssnat på det han sagt utan plockade fram en mobil ur en svart tygväska som låg på fönsterbrädan. Hennes hand darrade så hon nästan tappade telefonen. Eftersom hon verkade tappat intresset för honom, reste han sig och gick.

Med huvudet fullt av jobbet han tydligen fått och hur nervös och virrig Pjuckan varit gick han i gluggen mellan två parkerade bilar för att gå över gatan. Plötsligt slog det honom att baseballkepsen låg kvar på Pjuckans skrivbord. Han snurrade runt på klacken och hörde samtidigt ljudet av en bil med fullt gaspådrag alldeles bakom ryggen.

Han kände luftdraget som fick byxbenen att fladdra sedan hördes en rejäl duns och det gnisslande ljudet från plåt mot plåt. Bilen som blivit träffad tog ett skutt upp på trottoaren farligt nära honom. Någonting skramlande och han såg en backspegel studsa på gatan. Han vred på huvudet och såg efter den gamla urblekta risiga mörkröda Volvo 740 som snabbt försvann nerför gatan. En klantig bilförare hade nästan kört på honom. Hade han inte glömt kepsen så ... Det kändes som om han för en gångs skull haft tur. Han önskade att det skulle hålla i sig resten av dagen.

Pjuckan var inte kvar i sitt lilla kontorsrum, men hans baseballkeps låg kvar på skrivbordet. Ute på gatan hade det samlats folk som tittade på den bil som fått ta smällen tack vare en klantig bilförare. Han hörde någon säga någonting om att en röd Volvo fått sladd på asfalten. Han tittade utefter gatan, men det fanns inte tillstymmelse till svarta ränder på den gråa asfalten. En sladd, i helsike heller! Han brydde sig inte om hur det gått till och gick tillbaka till jobbet.

Kapitel 6

Han skulle slutat halv fem men satt kvar i fikarummet med gänget som kommit in efter att ha varit ute på vägarna och haft hastighetskontroller. Frusna efter att ha varit ute i ett kyligt nyckfullt vårväder satte sig några av dem på golvet vid elementen. För det mesta brukade de dra historier om klantiga bilförare men nu satt de tysta medan de drack kaffe ur plastmuggar.

Gerhard satte sig innanför dörren med sin porslinsmugg. Inte för att han var kaffesugen, utan för att ha någonting att göra tills det var dags att gå hem.

Tidigare hade han slagit bort Pjuckans underliga beteende på arbetsförmedlingen men osökt dök det upp frågor som började gnaga i bakhuvudet. Han brukade aldrig lägga sig i vad de pratade om utan road lyssnat. Antagligen därför var det förvånade ansikten som vändes mot honom när han harklade sig och sa:

– Skulle behöva ett råd om ni har något. Är det möjligt att vid en personundersökning bli förväxlad med en annan person?

Den han hört de andra kalla Biffen var den som nappade på hans fråga.

– Gosse, i det här landet är allting möjligt. Och det är så byråkratiskt att det är nästan omöjligt att rätta till ett fel. Är det vad du råkat ut fört? Ja, har du blivit förväxlad med någon annan?

– Nja, jag vet inte om jag blivit förväxlad med någon annan. Arbetsförmedlingen verkar ha gjort fel, jag har inte gjort det. Jag misstänker att någon klantat till det och råkat skriva att jag jobbar vid polisen i mina papper. Tjejen som kallade dit mig verkade rejält nervös när hon talade om att jag fått ett jobb hon inte ansåg mig kvalificerad för. Hon hade kollat med företaget som vill anställa mig, men dom hade svarat att det inte var något misstag. Så tack vare det har jag fått jobb som säkerhetsansvarig vid ett företag.

Alla stirrade på honom en bra stund innan Biffen skrattade och sa:

– Då ska du ta jobbet. Dom får skylla sig själva som inte kollat ordentligt. Var finns företaget?

– I Sandviken.

– Det blir en rejäl resa tur och retur om det visar sig vara ett misstag. Vad jag kan förstå kan du kräva sex månaders lön om företaget inte vill ha dig kvar.

Det lät vettigt och eftersom ingen av de andra sa emot, började han känna sig sugen på att prova på jobbet. Böcker om företagsspionage och stöld av företagshemligheter hade han läst. Sanning och fantasi var ju blandat i berättelser så kanske fungerade knepen i böckerna att avslöja skurkarna i verkligheten också. Säkerhetsansvarig, han satt tyst och sög på det.

När gänget reste sig för att åka ut på vägarna igen krängde han på sig jackan och gjorde sällskap med gänget. Gerhard stannade upp på trottoaren och Biffen dunkade honom i ryggen innan han klev in i sin bil och sa:

– Sån här chans får du bara en gång.

Orden fick honom att le och med en vinkning började han gå hemåt i sakta mak. Ta chansen malde det i hans huvud. Kanske för mycket till och med eftersom han var så inne i vad jobbet skulle innebära att han nästan krockade med någon på trottoaren.

Inte ovanligt precis, eftersom han utöver att inte lyssna när han tänkte, inte heller såg folk han mötte. Han mumlade fram en ursäkt och tittade på den han nästan krockat med.

Hur han kunnat undgå att se mannen var en gåta. Det kändes som om nackhåren reste sig och omedvetet gjorde han sig beredd att lägga benen på ryggen. Den utstrålning mannen hade kunde sätta skräck i vem som helst. Han var bortåt två meter lång med en nästan fyrkantig kropp. Gerhard reagerade på de stora händerna som säkert kunde få en fotboll att se ut som en tennisboll om han höll i en. Det silvergrå håret var kort stubbat och fick Gerhard att tänka på en amerikansk marinkårssoldat.

Han tittade snabbt på mannen uppifrån och ner. Mannen var klädd i en mörkbrun skinnjacka som stramade över axlarna och de svarta byxor hade knivskarpa pressveck. Det hela avslutades med ett par enorma välputsade svarta skor. Även om klädseln såg civiliserad ut, lyste det hårding lång väg om honom.

– Inga skada skedd, sa mannen med en röst som kom långt nerifrån de djupa källarvalven och tog tag i midjan på Gerhard med sina stora händer och lyfte honom åt sidan.

Sjuttiofem kilo förslappad kropp måste ha varit som att lyfta några potatissäckar samtidigt, men det fanns inte tillstymmelse till ansträngning i mannens ansikte. Gerhard tyckte sig till och med se någonting som liknade ett leende i det grova ansiktet men det var antagligen bara inbillning.

– Se sextiofyra, se till att komma ihåg det, väste mannen. Antagligen hade det varit menat som en viskning och samtidigt gav han Gerhard en klapp på axeln som nästan fick honom att falla ihop.

Gerhard stirrade rakt fram där mannen ställt honom och faktum var att han inte kunde vrida på huvudet förrän efter en stund. När han äntligen kunde det, låg trottoaren tom. Någon bamsing fanns inte i sikte, bara de två polisbilarna som ännu inte hunnit iväg. Samtidigt som han lät blicken svepa runt utefter gatan skramlade en mörkröd risig Volvo 740 sakta förbi på gatan nedanför.

Tanken slog honom att det såg ut att vara samma bil som varit nära att köra på honom tidigare. Han kunde bara se förarsidan och bilen hade mörkt tonade rutor som gjorde det omöjligt att se den som körde.

Men Volvon och vem som körde den var vad han minst tänkte på, däremot kunde han inte låta bli att fundera över vart bamsingen tagit vägen. En så stor människa kunde inte bara spårlöst försvinna. Kunde det vara så att han helt enkelt drömt att ha mött honom? Med blicken irrande åt alla håll för att eventuellt se bamsingen började han sakta gå hemåt.

Han stoppade händerna i jackfickorna och blev alldeles kall när han kände något hårt inlindat i plast i den vänstra fickan.

Försiktigt klämde han på paketet. Förvånad tyckte han det kändes som ett vanligt band till en bandspelare. Han drog upp handen ur fickan och så snabbt han kunde utan att springa gick han nerför gatan utan att se sig om.

Några minuter i fem slängde han sig flämtande efter ovanan att gå fort ner på den ena av de två köksstolarna. Han kände sig lättad över att klarat sig helskinnad igenom den med leksaker minerade gårdsplanen, men också över att inte stött ihop med bamsingen igen. Osökt slog honom tanken att bamsingen måste tagit fel på person. Det fanns ingen annan förklaring. Bamsingen kanske var någon sorts spion som gjort en tabbe. Kanske han blivit förväxlad med någon på samma sätt som vid Arbetsförmedlingen ... Han slog bort tanken eftersom den var enbart löjlig.

När han efter en stund på darrande ben lyckats ta sig fram till kylskåpet, slog det honom vad han skulle ha gjort på hemvägen, nämligen handla en limpa och mjölk. Innan han hunnit tänka sig för, slet han åt sig jackan och rusade ut genom dörren och nerför trappan.

Han borde ha vetat bättre än att ha bråttom eftersom det första långa klivet när han kom ut ur porten hamnade på en kvarglömd rullbräda, som for iväg som skjuten ur en kanon. Det gjorde inte han utan tvärtom kändes det som att allt hände i ultrarapid. Han upplevde det som att han blev hängande i luften i vågrät ställning. Han kunde se himlen ovanför sig och uppfattade avgassmällen som antagligen kom från en bil med fel inställning på tändningen när den startade och därefter ljudet av de skrikande däcken när den rivstartade. Mer hann han inte tänka för i nästa ögonblick träffade hans rygg asfalten och luften gick ur honom.

Han blev liggande i flera minuter och andades med korta andetag innan han försiktigt vågade röra på armar och ben. Eftersom det bara var svanskotan som värkte men ingenting tycktes vara brutet reste han sig och tittade generad åt alla håll. Vad han kunde se var det ingen som sett hans genanta störtdykning. Gårdsplanen var lyckligtvis tom på folk och svärande haltade han iväg till affären.

När han drygt en kvart senare kom hem stod vaktmästaren med armarna i kors framför porten och såg ut som en ordningsvakt. Gerhard hejade och rundade honom, men såg samtidigt att den stora rutan på porten liknade en bilruta som fått stenskott.

– Har ungarna varit framme igen?

– Om dom börjat använda sig av skjutvapen så. Ser du inte att det är ett kulhål?

Gerhard tittade lite närmare och mycket riktigt fanns en ros av sprickor runt ett litet runt hål i rutan. Han ställde sig bredvid och såg att hålet var i brösthöjd. En barnunge hade klarat sig, men för någon i hans storlek hade det kunnat gå illa för.

– Det blir bara värre och värre, sa Gerhard och öppnade porten.

– Ta det lugnt och se dig för så du inte trampar på beviset, ropade vaktmästaren efter honom.

– Vilket bevis?

– Kulan naturligtvis. Måste ligga nånstans i trappan och snutarna är snart här, lade han till.

Gerhard kunde inte se något föremål som liknade en kula på de grå trappstegen och kände inte heller att han trampade på någonting.

Kapitel 7

Gerhard kom på sig själv med att omväxlande stirra ut genom fönstret och upp på den gamla köksklockan innan hon äntligen dök upp. Av någon anledning ökade pulsen när han skyndade ut i hallen och öppnade dörren. Hon var på väg uppför trappan och han märkte att hon såg ut att vara orolig, vilket störde det svala intrycket hon visat tidigare.

– Har det hänt någonting eftersom polisen är här? var det första hon sa. Området utanför är avspärrat och poliser går och letar efter nånting ute på gatan.

– Det är ingenting särskilt. Bara någon dåre som skjutit hål i rutan på ytterdörren.

– Vet du vem dom sköt på?

Frågan lät nästan skrämmande och i huvudet gick han igenom om det fanns någon som kunde tänkas vara värd att skjutas i huset. Det fanns ingen vad han kunde komma på.

– Knappast troligt, men eftersom jag inte var hemma när det hände, vet jag inte hur det gick till.

– Då var det förhoppningsvis inte *dig* dom var ute efter i alla fall, sa hon.

Han hade på tungan att fråga henne varför någon skulle vilja skjuta honom men svalde den frågan och sköt upp dörren på vid gavel istället. En snygg svart resväska stod bredvid henne på golvet och i ett försök att vara artigt tog han ett steg framåt och bockade sig ner för att bära in väskan. Han var alldeles för ivrig och eftersom båda böjde sig samtidigt råkade hans ansikte snudda hennes hår. Det luktade gott, doften fick honom att tänka på vanilj.

Hon reste hastigt på överkroppen och lät honom lyfta upp väskan ifred och hon var redan innanför dörren innan han hunnit vända sig om. På något sätt kändes det som allt gick för fort. Innan han hunnit röra en fot hade hon hängt av sig kappan och trippade iväg på de högklackade skorna.

De sylvassa klackarna på hennes högklackade skor lämnade tydliga spår efter sig i den gamla korkmattan. Han brydde sig inte om det, i stället stirrade han på hennes svängande välformade bak som kjolen nätt och jämt lyckades skyla.

– Är det verkligen en trerummare du har? sa hon förvånad.

– En liten trea. Den är bara på lite drygt sextio kvadrat. Jag övertog den efter mamma när hon flyttade.

– Har du ingen säng i det här rummet, sa hon efter att till hans förskräckelse öppnat dörren till lilla sovrummet. Det var pyttelitet och hans gamla sovrum användes bara som skräprum sedan hans mamma flyttat.

Han hade inte haft en tanke på en extra säng. Inom sig förbannade han Hasse Aronsson som ställt till att han inte ens haft en chans att snygga till lite. Han skämdes över de tomkartonger och tidningar som fanns i stora högar. Han hade inte tänkt på det tidigare, men det luktade instängt. Inte undra på förresten, eftersom han bara brukade öppna dörren och lägga in det som skulle kastas vid ett senare tillfälle som han alltid skjutit på.

– Jag har en tältsäng på vinden, sa han.

– Perfekt, bär ner den så fort vi städat ur det här rummet. Jag ligger i ditt sovrum, så ligger du här. Kan du bära in väskan i sovrummet är du snäll, sa hon och han gjorde som hon sa.

Den tillfälliga hyresgästen fick honom att jobba som en galärslav. Han hade fullt upp med att bära ner allt skräp till soprummet och slänga alla gamla tidningar i containern. Han var svettig och trött efter att hämtat säng och madrass från vinden. Stressad rev han ur sina sängkläder och lade dem i den gamla tältsängen och bäddade rent åt henne.

Det var först när hon kom in genom dörren med en brun ICA kasse i ena handen och en tidning i den andra, som det gick upp för honom att han inte sett henne på ett tag.

Hon behövde inte förklara vart hon varit när hon plockade upp matvaror på diskbänken. För att nyss ha kommit till hans lägenhet, verkade hon otroligt väl orienterad om var saker som behövdes fanns, för det tog inte lång stund innan både kastrull och stekpanna stod på spisen. Han lät henne sköta matlagningen och gick för att bädda tältsängen.

Det slog honom att han inte ens visste vad hon hette. Inte heller hade hon nämnt hur länge hon skulle stanna, eller hur mycket hon var villig att betala. En obehaglig känsla att han blivit blåst av Hasse igen började sprida sig i kroppen. Enda trösten var att den här i alla fall köpt hem mat, det hade inte Tanja som Hasse lurat på honom gjort.

Det gnisslade oroväckande i tältsängens fjädrar när han lade sig för att provligga den, dessutom var madrassen knölig och iskall mot ryggen. Med en sängbotten som mest kunde liknas vid en hängmatta var sängen minst sagt obekväm. Det fanns en garderobsdörr i förrådet, den skulle det kanske gå att lägga i ...

– Vad sysslar du med? hörde han henne ropa från köket.

– Jag provligger sängen.

– Skynda dig och kom, maten är strax klar.

Hon satt redan vid köksbordet när han kom in i köket och han satte sig mitt emot henne. Det var en underbar doft av kryddor slog emot honom men det han kunde se på bordet var köttfärssås i hans enda karott samt spagetti i en kastrull. Som hastigast slog det honom att hon måste köpt kryddor, eftersom det var någonting det inte fanns mycket av i hans skafferi.

Under hela tiden de åt sa hon inte ett ord till honom. Direkt talför hade hon inte varit tidigare, så han grubblade inte över det. Det spelade inte heller någon roll för hans del, eftersom köttfärssåsen smakade lika gott som den luktade.

För att visa att han i alla fall hade bordsvett, härmade han henne och snurrade gaffeln i skeden hon lagt fram och det fungerade. Det svårt att få in de stora klumparna i munnen men var noga med att ingenting av spagettin blev hängande utanför munnen. Tallriken blev tom på nolltid och det var kanske därför han tyckte det tog en evighet innan hon ätit upp sin mat.

Det var inte ofta han ätit sig så proppmätt och tackade artigt för den goda maten hon lagat. Han ville inte göra henne ledsen genom att tala om att pasta och korv med potatismos gjord av pulver var vad han för det mesta levde av. Den kryddade köttfärssåsen hade därför varit en delikatess.

Gerhard erbjöd sig att plocka av och diska något hon tydligen inte hade något emot. Hon reste sig från bordet och gick in i rummet utan att se på honom. Dags igen att leva tillsammans med en tystlåten kylig hyresgäst några dagar, tänkte han.

Lämnad ensam i köket fick tankarna att komma ikapp verkligheten. Om man nu kunde kalla de frågor snurrade runt i huvudet för tankar. Det var definitivt någonting som inte stämde. Varför ville hon hyra privat istället för bo på hotell? Hur kunde Hasse blivit inblandad i att hon nu fanns i hans lägenhet? Vad sysslade hon med? Och det märkligaste, hur hade hon träffat en lodis som Hasse av alla människor? Med tanke på hennes kläder verkade inte pengar vara något problem, vad hade då fått henne att hyra ett rum av någon som honom?

Gerhard visste inte varifrån tanken kommit men det slog honom att hon knappast kunde vara någon mammas rara lilla snälla flicka precis. Han kunde skylla på herrtidningar han läst på frisersalongen för hans fantasi skenade iväg. Kanske var hon ett lyxfnask som var i staden för att sälja någonting dyrt, nämligen sin kropp. En vara som den hon kunde erbjuda, skulle inte ha några problem att dra till sig kunder som var villiga att betala fyrsiffriga belopp.

Inte alls omöjligt eftersom hon såg ut som och klädde sig som ett lyxfnask. Dessutom verkade hon vara lika kall och svårflirtad att starta som hans gamla Fiesta en råkall vinterdag. Antagligen var hon lika nyckfull också. Ändå hade han inte känt av de signaler han brukade känna och som fick honom att vara försiktig. Någonstans under den kalla ytan hon visade upp fanns kanske en mjukhet som måste lockas fram. Det skulle inte förvåna honom om hon var en helt vanlig tjej innerst inne. Visst var det löjligt att fantisera så, men hon väckte tankar hos honom hur ett liv med henne skulle se ut.

Hennes tränade ögon svepte över rummet efter gömställen. Vad hon kunde se fanns inte många ställen att gömma någonting i rummet. Allt som fanns var en skamfilad soffa och en lika sliten fåtölj. Bokhyllan som sett bättre dagar täckte den ena långväggen fram till hörnet där en gammal bullig teve var placerad. Dammtussarna runt bokhyllan visade att den inte flyttats på ett bra tag, det skulle inte ta många minuter att söka igenom allting.

Det viktigaste för tillfället var att få reda på vem eller vilka som skjutit mot huset, eller snarare om det gjorts mot någon som inte träffats. Någon tillfällighet var det knappast att någon skjutit. Men om Gerhard varit måltavlan, hur kunde han då uppträda så lugnt ...?

Hon skyndade in i sovrummet och plockade fram telefonen och skrev: *Finns det någon hotbild mot den jag nu bor hos?*

Och svaret kom snabbt: *Troligen eftersom någon spridit vidare om hans nya anställning. Det var väntat så håll ögonen öppna. Det är i alla fall proffs vi har att göra med men vi behöver veta mer om vilka de är.*

Av någon underlig anledning gjorde det henne nervös. Ett proffs kunde hantera det, men den här killen ... Hon märkte inte att hon ruskade på huvudet när hon gick tillbaka till rummet.

Varför hade en helt vanlig kille anställts? Tydligen var han inte ens medveten om de faror hon visste väntade framöver. Hade han anställts som lockbete eller måltavla? Varför det oroade henne hade hon inte något svar på.

Kapitel 8

Gerhard brydde sig inte om att torka disken, utan täckte över den med torkhandduken innan han gick in i rummet. Han såg henne stå framåtlutad med benen tätt ihop vid bokhyllan han köpt begagnad för en femtiolapp och rotade om bland sakerna i en av lådorna. Kjolen hade glidit upp när hon stod framåtlutad och han tyckte sig se ett par ljusblå trosor skymta i övre kanten på en liten glugg mellan hennes lår.

– Vad letar du efter? sa han så nonchalant som det var möjligt med den frestande synen mitt framför ögonen.

– Jag letar efter ett fotoalbum naturligtvis. Alla brukar ha ett fotoalbum eller lösa kort liggande någonstans, sa hon utan att ändra ställning.

– Tala om ifall du hittar ett, sa han och gick fram och satte sig i den nedsuttna soffan. Det var först när han gjort det, som han insåg att placeringen var helt perfekt om hon skulle sätta sig i fåtöljen. Vilken insyn han skulle få!

– Har du inte ens ett fotoalbum eller några kort? frågade hon
och sköt igen lådan. Av hennes röstläge att döma var det en
sensation att inte ha ett fotoalbum eller fotografier.

– Förklaringen är hur enkel som helst, jag har aldrig ägt en
kamera. Men du kan titta för säkerhets skull i den andra lådan,
lade han till.

– Jag tror dig, sa hon till hans stora besvikelse. Innerst inne
hade han hoppats att hon inte skulle tro honom, eftersom han
då med absolut säkerhet kunnat se om hennes trosor var
ljusblå eller inte. när hon böjde sig framåt. I stället gick hon
fram till den gamla teven han fått av en granne efter att den
stått på vinden flera år. Grannen hade blivit glad över att
slippa åka till återvinningen med den.

– Fungerar den här gamla stenåldersgrejen? sa hon.

– Bilden är lite grynig och färgerna blir konstiga ibland, men
den funkar.

– Jag hade tänkt titta på en serie på fyran. Du får väl in fyran
hoppas jag.

– Alla fria kanalerna plus några till finns där om du vill titta.
Det ingår i hyran.

– Men du då, brukar du aldrig titta på teve?

– Nej, jag läser i stället. Tevelicensen har varit för dyr, därför har jag sällan slagit på den. Ja, ifall dom skulle fått för sig att pejla det här huset. Eftersom jag nu får betala via skattesedeln kanske jag ska börja titta för att få valuta för pengarna.

– Ja visst ja, din kompis sa någonting om det. Att du bara läser för det mesta. Men han sa du satt trångt till med pengar också.

– Apropå pengar, sa han och förvånade sig själv att låta lugn på rösten. Hur mycket har du tänkt ge i hyra?

– Förlåt mig, det har jag glömt. Men enligt den där Hasse skulle du vara nöjd med en hundring om dagen. Men det blir avdrag för det jag köpte i affären. Jag förutsätter att vi delar lika för maten. .

Vad skulle han säga. Det enda som stod till buds var att nicka, och hon gick ut i köket. När hon kom tillbaka, hade hon en liten tunn svart plånbok i ena handen och ett kvitto i den andra. Han hoppades hon skulle sätta sig i fåtöljen, men i stället lutade hon sig fram över bordet mitt framför honom.

– Maten och kryddorna kostade hundratvå och femtio och jag växlade en femhundring för att ...

Hennes ord nådde inte fram till honom eftersom översidan av hennes bröst var på väg att halka fram ur behån. Han såg så mycket av hennes bröst att hon lika gärna kunnat ha varit utan behå och blus. Med en kraftansträngning lyckades han höra henne säga:

– Vi säger väl att du får betala femtio kronor då för din hälft. Nu har jag dåligt med växel eftersom jag köpte lite andra saker så du blir skyldig mig tio.

Hennes ord trängde fram till honom samtidigt som hon lade sexhundrasextio kronor på bordet. Visst var det välkomna pengar på bordet, men i det ögonblicket brydde han sig inte om dem. Istället var han nästan paralyserad av brösten han såg i hennes urringning. Hon måste ha märkt det för hon reste sig hastigt.

– Nu har du fått betalt till och med söndag. Jag reser troligtvis hem på söndag, men det kan bli på måndag också, vi får se. När vi ska kampera ihop de här dagarna är det väl lika bra att vi går igenom det som kommer att gälla, sa hon och han tittade upp så att deras ögon möttes.

Hon verkade inte stött över att han stirrat på hennes bröst, snarare road.

– Och vad är det vi ska gå igenom? sa han och lät säkert lika förvånad som han kände sig.

– Du får se det som att jag hyr av dig, bara är av praktiska och ekonomiska skäl, ingenting annat. För din del betyder det inget tafsande. Lovar du det?

– Jag är in sån, sa han.

– Det tror jag inte heller men jag vill göra det klart för dig, sa hon med affärsmässig röst. Om du inte har någonting emot det tänker jag duscha.

Han hade ingenting emot det, men det sa han inte, för hon hade redan vänt honom ryggen och klapprade ut ur rummet. Om han varit blind hade han kunnat krypa efter och känna sig fram vart hon gått, så tydliga märken lämnade hon efter sig i golvet. Men han var inte blind utan tvärt om. Därför stod det klart för honom att det måste till en sjuhelsikes självkontroll för att klara de närmaste dagarna.

Det slog honom att han fortfarande inte visste hennes namn. Eftersom sovrumsdörren var stängd ropade han:

– Vad heter du egentligen?

Dörren slogs upp och hon kom ut iklädd ett par minimala spetstrosor men ingen behå. Trosorna var ljusblå, precis som han tyckt sig se tidigare. Utan att skyla brösten eller se på honom, gick hon fram till badrummet. I dörröppningen stannade hon upp och vände sig mot honom.

– Jag heter Maj, sa hon. Om du tänkt erbjuda dig att tvätta mig på ryggen så glöm det.

Det hade han inte tänk. Ett leende blixtrade till i hennes ansikte innan hon drog igen dörren. Efter en stund hörde han bruset från vattenstrålarna i duschen.

– Badhandduk finns på nedre hyllan i skåpet, ropade han.

– Jag vet.

Att hon visste det förvånade honom inte alls underligt nog. Eller snarare kändes det som om ingenting skulle kunna förvåna honom när det gällde henne. Han stapplade iväg till köket och satte sig vid bordet. Händerna darrade och det spände i kalsongerna.

Kapitel 9

Gerhard antog att Maj fortfarande sov när han gick till jobbet. På vägen dit stoppade han handen i jackfickan och kände det hårda paketet. Han hade alldeles glömt bort det. Det fanns två saker att göra intalade han sig själv, endera lyssna på det eller låtsas att det inte fanns. Nyfikenheten tog överhanden så snart han kommit till jobbet.

I fikarummet fanns en gammal radio med bandspelare som troligtvis inte använts de senaste åren. Sladden fanns bakom och han satte i kontakten. Han satte i bandet och ändrade till Band innan han tryckte på Play. Det enda som hördes efter en stund var ett kvittrande ljud. Han tryckte på Stopp och spolade tillbaka bandet.

Bandet måste ha hamnat i hans ficka av misstag men vem hade lagt dit det? Kunde bamsingen han stött ihop med stoppat det i fickan? Men det kunde likaväl ha varit någon på jobbet, han hade ju inte känt efter innan han mött bamsingen. Kanske var någon av de gamla poliserna fågelskådare som lyssnat på fågelkvittret och sedan stoppat i fel jackficka. Han stoppade bandet i innerfickan och bytte om.

Strax efter fyra, när han gjort klart för dagen kom en av de äldre poliserna in och sa:

– Det var en som ringde för en stund sen. Han lämnade bara ett meddelande att du skulle komma till kinesrestaurangens köksingång klockan åtta. Killen lät faktiskt påstruken på rösten förresten.

– Då kan det bara varit Hasse, sa Gerhard, utan att förtydliga hur han kunde veta det. Det behövdes inte heller för han lämnades ensam omedelbart.

Han grubblade inte över varför Hasse ville träffa honom, men kopplade ihop det med Maj. Kanske trodde Hasse att han kunde få lite provision, vilket var helt i stil med hur han var.

Väl ute på gatan lät han blicken svepa fram och tillbaka i båda riktningarna. Ingen hårding i sikte och raskt gick han hemåt. Han hade ingen lust att stöta ihop med någon, vem det än var.

Halvvägs träffade han ett gäng gamla bekanta på väg till puben som låg alldeles intill där han bodde. Själv gick han aldrig på puben, pengarna behövdes till annat

Eftersom de hade samma väg, råkade han hamna mitt i klungan. Strax före övergångsstället där de skulle gå över stannade en risig röd Volvo 740 med tonade rutor. Den började dyka upp lite väl ofta och Gerhard fick en olustig känsla av att någon bakom de mörktonade rutorna stirrade på honom.

Han försökte skaka av sig den olustiga känslan och genade mellan muren och granntomtens häck för att spara några meter. Han stannade upp bakom soprummet och tittade upp mot sitt köksfönster och såg att det lyste. Det hade bara hänt de gånger han glömt släcka lyset och det hade han inte gjort. Ute på gatan hörde han en ilsken signal från en bil och gnisslande däck mot asfalten, vilket fick honom att röra på benen.

Doften av mat mötte honom när han öppnade dörren och snabbt sparkade han av sig skorna och hängde upp jackan.

– Skynda dig, maten är klar, hörde han Maj ropa från köket. Hoppas du är hungrig, för det blev lite väl mycket.

Det gnabbades om ditt och datt medan de åt och fortsatte under tiden de tillsammans diskade Gerhard, som annars inte var speciellt talför tillsammans med en tjej, upplevde det som lätt att prata med henne.

Vad som slog honom vara att med spisrosor på kinderna verkade hon helt annorlunda. Det stela och otillgängliga som gjort honom nästan rädd för henne var som bortblåst.

Tiden rann iväg och det var först när hon slog på teven som han kom underfund med att klockan var tio i åtta.

– Förbannat också, sa han högt för sig själv.

– Vad är det? sa hon.

– Jag måste ut en sväng som hastigast.

– Är det någonting viktigt? Det är inte riskfritt på gatorna när det blivit mörkt, sa hon och Gerhard uppfattade det som att hon låtit ängslig på rösten.

– Vad har jag att vara rädd för i den här stan när det är mörkt? Jag ska bara träffa Hasse klockan åtta. Han ringde till jobbet att vi skulle träffas vid kinesrestaurangen. Har inte en aning om vad han vill, men eftersom han vill att vi träffas där måste det finna en anledning till det.

Eftersom hon inte sade någonting, gick han ut i hallen och satte på sig jackan. Förvånad såg han att hon följt efter honom och stoppade en hopfällbar telefon i hans jackficka.

– Så jag kan ringa dig ifall jag kommer på att du ska köpa nånting på hemvägen, sa hon. Ja, jag har ju inte fått ditt telefonnummer.

Så snart han försvunnit ut genom dörren plockade hon fram sin mobil och väntade otåligt under tiden signalerna gick fram. När en mullrande röst svarade fick det henne att le.

– Är nånting på tok?

– Han skulle hastigt iväg till en kinesrestaurang för att möta den som ordnade så att jag fick bo hos honom. Fick en obehaglig känsla att det kan vara en fälla men kan ju ha fel. Hursomhelst såg jag att hans armband låg på tvättstället så jag gav honom lilla telefonen så du kan spåra den.

– Det finns bara en kinesrestaurang, jag kan vara där om tio minuter.

Lättad lade hon ifrån sig telefonen och gick in i sovrummet för att leta. Med den utbildning hon fått visste hon hur man letade efter gömställen. Så här långt hade hon inte hittat någonting, men någonstans i lägenheten borde i alla fall någonting finnas som kunde visa vem han var.

Hon måste helt enkelt försöka komma på om han drev med henne eller inte. Han skulle aldrig blivit anställd om han var en gröngöling. Var det hon som testades, eller var hon på plats för att testa vad han gick för ... Hon suckade och började leta.

Kapitel 10

Efter att ha genat över bakgården för att spara tid tog han ytterligare några genvägar för att spara kraft. På urmakarens stora klocka såg han att den hunnit bli några minuter över åtta och svängde in på gatan där restaurangen låg.

Gerhard stannade upp på trottoaren och såg ner i den smala gränden som ledde till restaurangens köksingång. Det enda ljus som fanns i den smala gränden var en svag lampa över köksingången. Ingen Hasse syntes till.

Det luktade vidrigt från de på högersidan tre stora gröna plastbehållarna som stod mot tegelväggen som avskilde mot granntomten. I gatuljuset bakifrån såg han att en sopcontainer var placerad alldeles bredvid trappan. Lampan ovanför dörren var knappast till någon hjälp och han såg inte landgången som lagts ut mot trappen. Det var skenbenet som fick ta smällen och han var nära att tappa balansen. Han försökte andas så lite som möjligt genom näsan på grund av den vidriga stanken från behållarna. Ringklockan satt till vänster om dörren och han tryckte på den.

Ringsignalen hade inte ens tystnat innan den svaga lampan ovanför hans huvud slocknade och han stod i det kolsvarta mörkret. Samtidigt tändes en stark strålkastare ute vid gatan som lyste upp hela gränden. Ljuset började röra sig emot honom, först sakta sedan snabbare. Lättad gick han nerför trappan och vinkade.

– Vackert, fortsätt lysa, skrek han.

Den som höll i lampan måste ha missuppfattat vad han ropat för den slocknade. Han hörde tunga springande steg komma emot honom. Det skarpa ljuset hade bländat honom och mörkret blev ännu mer kompakt när lampan slocknat.

Han hittade ledstången på trappan och klev upp några steg. De snabba tunga stegen närmade sig honom och de skulle knappast se landgången.

– Passa landgång ... Mer han hann inte ropa innan det hördes en otäck duns alldeles nedanför honom när deras ben törnade emot landgången som stack ut. Två förvånade skrik eller kanske av smärta tystnade när de brakade in i containern med full fart. Någonting skramlade till mot plåt, sedan blev det alldeles tyst

– Idioter, mumlade Gerhard tyst för sig själv.

Innan han ens hunnit grubbla över vad som hänt, lystes hela gränden upp av ytterligare en stark strålkastare. Han tittade ner för att inte bländas och kunde se två skinnklädda figurer ligga med kropparna i obekväm vinkel mot containern. Som hastigast såg han att en grov järnkedja låg mellan dem. Det skarpa skenet kom ljudlöst närmare och stannade mitt framför honom.

– Bra jobbat grabben, nu tar jag över.

Gerhard kände omedelbart igen rösten och började skaka.

– Stick, väste bamsingen och Gerhard lydde.

Han hade inte något minne av hur han kommit hem när han flämtande drog igen dörren efter sig. Svetten rann i iskalla rännilar utefter ryggen när han tog stöd mot väggen och sparkade av sig skorna. Händerna skakade när han fumligt drog av sig jackan.

– Herregud hur du ser ut, du är alldeles vit i ansiktet. Har det hänt någonting? hörde han Maj säga.

– Är det okej om vi tar det sen? sa han och gick in i sitt tillfälliga sovrum utan att vänta på svar.

Någonting hade hänt, det var hon säker på. Hon väntade inte på att han skulle komma ut från sovrummet utan gick till sitt eget och plockade fram mobiltelefonen. Snabbt ställde hon in den på tyst signal. Snabbt skrev hon ett SMS och skickade.

Mumlande tyst för sig själv gick hon fram och tillbaka och väntade. Det tog en stund men när meddelandet äntligen kom, stirrade hon förvånad på texten.

Han gjorde ett snyggt jobb. Har paketerat för avhämtning dom han levererade. Smart jobbat, kunde inte gjort det bättre själv. Har rapporterat till H och han sa att du kan lämna det han ska ha.

Frågorna rusade runt i hennes huvud. Vad hade blivit paketerat ...? Någonting hade alltså hänt, men vad? Hade han instruktioner som hon själv inte fått? Men som hon uppfattat honom var han en helt vanlig kille som definitivt inte passade in i bilden. Det var någonting som inte stämde, men hon kunde inte sätta fingret på det. Någonstans fanns svaret och hon hoppades hitta det innan det var dags att åka.

Med huvudet fullt av tankar låste hon dörren. Hon tog av peruken och lade den över skärmen på lampan som stod på nattygsbordet och burrade upp sitt eget hår. Hon kände sig irriterad. Det här var inte vad hon väntat sig. Paketerad betydde att dom försetts med handfängsel. Vilka dom ...?

Gerhard hade tydligen på egen hand klarat av någonting han råkat ut för. Men att han levererat måste betyda att han på något sätt lyckats oskadliggöra några som varit ute efter honom. Hon hade känt på sig att det kunde vara en fälla.

Att träffa honom skulle bara vara en rutingrej för att kolla upp vem han var, men tydligen hade han redan hamnat mitt i smeten. Gerhard hade gjort ett smart jobb. På vilket sätt och hur? Men det måste betyda att det tydligen redan börjat hända saker. Hon var nästan säker på att någon försökt skjuta honom men han hade viftat bort det. Nu var det tydligen en fälla han klarat sig ur på något sätt. Vad hon visste var han inget proffs, eller var han kanske det ...? Tydligen kunde han ta vara på sig själv efter det hon fått veta. Hon kunde inte låta bli att imponeras.

Hon fnissade tyst för sig själv, nu började hon förstå varför alla varningssignaler borde ha tjutit för fullt när hon befunnit sig i lägenheten, men inte gjort det. Nåja, de skulle träffas igen ganska snart, även om hon då skulle vara en helt annan person. Tydligen var han inte så hjälplös hon trott från början, utan kunde ta vara på sig själv. Om han inte kunnat det skulle han inte blivit anställd.

Trots allt var han både smart och gullig när hon börjat lära känna honom. Hon somnade med ett leende i ansiktet.

Kapitel 11

Gerhard vaknade strax före halv sju, vilket var ovanlig en söndag. Precis som de senaste dagarna var han klarvaken i samma ögonblick han slog upp ögonen. Men han hade en obehaglig känsla av att någonting var på väg att hända.

Han blev liggande en lång stund och tittade upp i taket och kunde inte fatta varför han kände sig orolig, ja rent av nervös. Det kändes som en föraning om att någonting skulle hända. Eller snarare att han missat någonting väsentligt och det gjorde honom orolig.

Frågan var vad som skulle kunna hända, för han hade ingenting att förlora. Det enda av värde han hade var en gammal Fiesta som för det mesta stod på parkeringen som hörde till lägenheten och kostade drygt en hundralapp varje månad. Hur han än försökte, kunde han inte hitta någon orsak till att någonting skulle kunna hända. Precis när han var på väg att ge upp, kom han på vad det kunde vara. Maj skulle resa hem!

Under den korta tid hon bott hos honom hade han nästan hoppat upp ur sängen varje morgon. Varje dag hade varit som en utmaning, det hade pirrat i kroppen av förväntan inför vad som skulle kunna hända under dagen. Men den känslan saknades helt och nästan motvilligt klev han upp ur sängen. Istället för träningsbyxorna han brukade dra på sig tills han duschat på söndagarna, satte han på sig skjorta och byxor. Snabbt borstade han tänderna och gjorde en grimas åt sig själv i spegeln.

Tyst gick han försiktigt ut från badrummet. På väg därifrån lyssnade han vid hennes dörr vilket han gjort hela tiden, nu hörde han hur hon oroligt rörde sig i sängen. Tyst smög han ut i köket och satte på kaffet.

Han hade vant sig vid att ha henne i närheten. Att sköta kaffekokningen på morgonen var något han frivilligt tagit på sig. När kaffet blivit klart brukade han knacka på dörren för att väcka henne. Det var inte det enda som blivit en vana.

Kaffet var precis klart och brödet hoppat upp ur brödrosten när han hörde hennes röst bakom sin rygg.

– Jag hörde att du var uppe. Kunde du inte sova?

Det fanns någonting i hennes röst som fick honom att snurra runt på klacken. Hon var klädd i vit blus ljusblåa trosor och hade ett sorgset uttryck i det dockliknande ansiktet. Hennes klädsel hade han vant sig vid och noterade det bara som hastigast, istället drogs hans blick till hennes ögon. Hon verkade ledsen.

– Jag vaknade av att det kändes oroligt på något sätt, sa han sanningsenligt.

– Men Gerhard, vad är det med dig? Har det någonting att göra med att jag åker hem idag?

– Det har jag inte ens tänkt på. Det måste vara någonting annat, ljög han.

– Är det säkert?

– Om jag ska vara ärlig, så nej. Det förstår du säkert att jag kommer att sakna dig. Men sätt dig för kaffet är klart, sa han och låtsades vara fullt upptagen med att slå kaffe i muggarna.

Han märkte att Maj inte börjat prata så fort hon satt sig vid bordet, vilket hon gjort varje morgon tidigare. Alltid hade hon dragit upp något ämne att diskutera.

För honom hade det blivit en sport att ge henne mothugg och förvånat sig själv över att haft vettiga motargument som för det mesta letat sig fram ur allt oviktigt vetande han fått genom att läsa och lyssnat på radions P1. De heta diskussionerna hade alltid slutat med att ingen av dem stått som vinnare eller förlorare. Kanske mest för att de båda trasslat in sig i så vansinniga utlägg, att de bara kunnat skratta åt det som blivit sagt.

Men den här morgonen skulle inte sluta i skratt, det märkte han. Han hoppades hon skulle säga någonting men hon satt tyst och såg ner i kaffemuggen. Stämningen förbättrades inte genom att också han satt tyst.

Han hade svårt att dölja sin besvikelse över att hon skulle resa. Innerst inne hade han hoppats att hon skulle stanna ett tag. Även om det inte varit någonting intressant på teve, hade det varit en trevlig upplevelse att sitta bredvid henne i soffan och höra henne muttra om skitprogrammen som visades. Han höll med henne, det var ingenting han missat under de ensamsittande kvällarna då teven fått stå i hörnet och skämmas över att inte vara påslagen.

Maj var inte bara vacker, rolig och klok, utan också den mest städtokiga och nyfikna tjej han träffat på. Redan första dagen hade hon rivit ur alla skåp och garderober och gruffat över när han haft storstädning senast. Sedan hade hon hjälpt honom sortera gamla papper och annat skräp som samlats i lådorna. Det hade blivit en rejäl hög med gamla räkningar och trasiga föremål som stuvats in i Fiestan och körts till återvinningen.

De hade fortsatt hjälpas åt med att städa resten av lägenheten. Även bokhyllan som inte dammats de senaste månaderna var nu dammfri. Hon hade till och med skakat hans böcker. Det hade inte fått finnas damm i någonting. När lägenheten städats och var skinande ren, hade källaren och vinden fått en genomgång och skräp kastats. När de blivit klara med allting hade hon lugnat ner sig.

Men det var någonting mystiskt med henne. Det som verkligen satt myror i huvudet på honom var att efter hon duschat, hade håret alltid varit torrt. De första dagarna hade han inte haft en tanke på det utan det var först efter några dagar han lagt märke till surret inifrån sovrummet. Det hade låtit som en hårtork. Men eftersom hennes hår sett torrt och välvårdat ut, varför hade hon då använt hårtork?

– Nu var du långt borta, hörde han Maj säga och han såg på henne.

– Tänkte på ett jobb jag blivit erbjuden, sa han undvikande. Vet inte hur jag ska göra. Tror det blivit något fel för det trodde i alla fall Pjuckan på Arbetsförmedlingen. Skulle kännas ganska kymigt att åka dit och kanske få kicken efter några dagar. Jag har inga som helst kvalifikationer om man bortser från alla gamla deckare jag läst förstås.

– Och var har du fått jobb någonstans?

– Företaget ligger i Sandviken. Vad jag vet om Sandviken är bara vad grannens grabb som studerar vid Högskolan i Gävle talat om. Han har en tjej som bor där. Det är visst inte långt emellan.

– Ett par mil bara. Sandviken är ingen storstad precis men det är ju inte den här hålan heller. För den som gillar musik går det att lyssna på stadens storband. Varje sommar har de en musikfest som heter Bangen som återkommer varje år. På sommaren fixar en infödd trummis som spelat med många rockband uppträdanden med många kända artister. Det mysiga är att uppträdandena sker mitt i grönskan bland dom små brukskåkarna. Tyvärr har jag bara hört talas om det.

– Bor du i Sandviken? Som det låter gör du reklam för stan.

– Är det något fel i det? Ja, jag bor i Sandviken. Så vem vet, kanske kommer vi att träffas igen. Hursomhelst tycker jag du ska ta jobbet och vara dig själv. Är du det så ordnar det sig.

Han stirrade förvånad på henne men hon vände bort ansiktet och reste sig. Hon gick långsamt fram och ställde sin mugg och marmeladburken på diskbänken. Utan att se på honom sa hon:

– Mitt tåg går om en timme. Jag ringer efter en taxi, så du behöver inte följa med mig till tåget. Sedan gick hon utan att vänta på att han skulle säga någonting.

Och vad skulle han säga förresten. Han kunde ju inte säga till henne att det skulle bli långsamt utan henne. Det var ju inget skäl för henne att stanna. Dessutom hade det låtit som hon måste åka i dag, och inte hade något val. Visst var det tråkigt men det var bara att se sanningen i vitögat.

Han hade hunnit diska och bädda sin säng innan hon kom ut från sovrummet. Hon var klädd på samma sätt som när hon kom med undantag av diplomatportföljen som hon troligen packat ner i väskan. Enda skillnaden för hans del var att han nu inte tyckte hennes klädsel var utmanande, bara sexig.

Utan att fråga hämtade han hennes väska i sovrummet. Hon stod i hallen och pratade i sin mobiltelefon när han kom tillbaka, och eftersom hon rabblade upp hans adress förstod han att hon beställde en taxi.

– Bilen är här om fem minuter, sa hon utan att vända sig om. Det är väl lika bra att gå ner och vänta. Hjälper du mig ner med väskan?

Tydligen hade hon inte väntat sig något svar eftersom hon svängde runt på klacken och gick mot dörren utan att ens se på honom. Väl ute på trottoaren vände hon sig mot honom.

– Hej då, och tack för den här tiden, Gerhard, sa hon men såg honom inte i ögonen.

Han låtsades inte se hennes framsträckta hand utan tog ett steg framåt, gav henne en kram och kysste henne hastigt på kinden.

– Hoppas vi träffas igen. jag ser fram mot det. Hej då, Maj och var rädd om dig, sa han och tog ett steg tillbaka.

Han ångrade kyssen eftersom hon vände honom ryggen. När hon så tydligt visade att han klivit över gränsen, vände han sig om och gick med tunga steg till sin lägenhet utan att se sig om.

Tillbaka i lägenheten gick han fram och satte sig vid köksbordet och tittade ut genom fönstret. Han såg en taxi göra en u-sväng på gatan och hur den stannade precis vid trottoarkanten framför Maj. Han såg tydligt taxikillens ohöljda förvåning när han hoppade ur bilen och stirrade på Maj.

Han kände ett sting av svartsjuka när han såg taxikillens gapande mun och tafatta beteende när han skulle lägga in hennes väska i bakluckan. Det syntes så tydligt att han inte kunde slita blicken från henne. Själv verkade Maj helt omedveten om det när hon öppnade bakdörren. Det verkade som om hon tvekade, men så vände hon sig om och vinkade, tydligen väl medveten om att han satt och tittade i fönstret. För en kort stund möttes deras blickar och han vinkade slappt med handen. Han hade hoppats få se ett sista leende i hennes ansikte, istället verkade hon sammanbiten. Hastigt vände hon sig om och satte sig i bilens baksäte och taxin körde iväg.

På väg ut ur köket såg han det stora brevet med en blå firmalogo överst i vänstra hörnet stå uppställd mot väggen på köksbänken bakom diskstället. På kuvertet stod hans namn och logotypen som bestod av en hammare med texten Ironhammer Inc. längst ner. När hade det kommit?

Han slet upp kuvertet och stirrade förvånad på innehållet. Vad han kunde se var det ett anställningsbevis och en bifogad lapp där det fanns instruktioner och den adress där han skulle bo. Det mest förvånande var de tio femhundralapparna som låg i kuvertet. Var det meningen som respengar, eller vad?

Så här långt hade han inte fått kicken i alla fall: Vad skulle hända efter att han kommit till Sandviken vågade han inte ens tänka på.

Kapitel 12

Han hade följt anvisningen för att komma till centrum i Sandviken, men vid torget tog det stopp och han svängde höger och såg den stora parkeringen. Klockan hade hunnit bli kvart över fyra och vad han kunde se var det väldigt lite folk i farten. Den stora parkeringen verkade vara full med bilar, men såg att det i den första raden fanns flera platser tomma vid slutändan. Han parkerade mitt i den stora luckan. Till vänster kunde han se ett hyreshus med stora betongklumpar på taket.

Eftersom det fortfarande var eftermiddag hade han väntat sig att se lite folk och kanske någon att fråga om adressen han hade uppskriven. Men regnet som piskade mot rutan och trummade mot biltaket fick antagligen hundar att hålla sig inne.

Iskalla regndroppar piskade hans ansikte så fort han kommit ur bilen. Den stickande känslan när de kalla regndropparna träffade honom i ansiktet fick honom att böja ner huvudet och börja gå mot konditoriet han passerat alldeles före torget.

Visserligen skulle det smaka bra med kaffe men någon kunde kanske tipsa honom om hur han skulle kunna hitta till lägenheten. En ortsbo borde känna till adressen han hade uppskriven. Han hukade sig i den envisa blåsten som rev och slet i hans kläder. Den tunna jackan han hade på sig gav inget skydd alls mot de isande vindarna. Det som varit praktiskt i bilen passade inte alls i ett ruskväder. Eftersom det var den tjugonionde mars, borde det vara vår i luften.

Kvinnan bakom disken inne på konditoriet tog emot hans beställning med ett artigt leende men allt hon sa var: Vi stänger klockan fem, bara så du vet. Ett kallt konstaterande att du får snabba på om du vill ha en fika eftersom han var ute i sista minuten men visst märktes hennes nyfikenhet när han betalade.

En snabb blick ut över lokalen visade att inte ens stammisar var fikasugna i busvädret eller så hade dom hunnit hem i tid innan det börjat. Kanske satt dom redan hemma framför teven eller datorn.

Som ny i staden hade han inte väntat sig att bli emottagen med stora famnen, för så var det antagligen att vara ny i en stad, han hade aldrig provat på det. Han borde ha frågat om han verkligen befann sig i Sandviken. Om inte skyltarna visat fel borde han vara det. Nästa steg var om han skulle bli en invånare eller inte.

Han hade i alla fall kommit så långt som att han hunnit dricka en kopp kaffe och äta ett färskt wienerbröd i en stad han inte visste mer om än vad Maj berättat. Men hon hade inte sagt någonting att det kunde vara folktomt på gatorna. Det var tomt med folk till och med på ett konditori som visserligen snart skulle stänga, men ändå.

Eftersom han fick servera sig kaffet själv gick han och fyllde koppen och satte sig vid fönstret närmast ingången. Kaffet och det färska wienerbrödet fick honom att känna sig på bättre humör. För att sträcka på den reströtta ryggen lutade han sig tillbaka och tittade ut genom fönstret.

Den kraftiga vind som svepte utefter gatan fick olikfärgade plastpåsar att hasa eller virvla upp i luften. Var det inte torra buskar som effektfullt rullat utefter gatorna i de öde städerna som han sett i gamla cowboyfilmer ...? Tanken fick honom att le.

Han lät blicken svepa över själva lokalen och fick en känsla av att konditoriet funnits sedan långt tillbaka. Knappast den upphöjda delen som såg ut som en balkong och som på något sätt inte passade in i bilden. Men att lokalen funnits länge fanns inga tvivel om. Det var inte bara inredningen utan även atmosfären och dofterna av kaffe och nybakat bröd som satt ingrott i väggarna.

Kvinnan bakom bröddisken hade börjat plocka bort bakverk men verkade inte ha någon brådska. En kvarlämnad tidning låg på ett bord och han reste sig och hämtade den och fyllde på sin kopp. På väg tillbaka till sitt bord kastade han en hastig blick på den tidigare folktomma gatan. På andra sidan gatan kunde ha se en kvinna som verkade titta efter någon.

Samtidigt såg att det börjat snöa. Inte ett vanligt snöväder utan stora snöflingor som såg ut som en vit vägg. Kvinnan sprang över gatan men försvann ur hans synfält. En kall vind svepte genom lokalen när dörren öppnades.

Han såg bara ryggtavlan på en kvinna som skakade bort blötsnö från en toppluva och körde med handen igenom det kortklippta håret. Han slog upp dagstidningen och bläddrade fram till sidan med tecknade serier. Kanske just därför märkte han inte att kvinnan kommit och ställt sig vid hans bord.

– Har du något emot att jag sitter med dig?

Den lågmälda rösten fick honom att titta upp från tidningen. Innan han hunnit svara, drog hon ut stolen och satte sig mitt emot honom.

– Stirra inte men det står en kille i skinnjacka på andra sidan gatan, sa hon.

Gerhards blick irrade ut genom fönstret och han såg mycket riktigt en barhuvad långhårig man i ljusbrun nött skinnjacka hopkurad i vinden snegla mot dem från andra sidan gatan.

– Är det någonting särskilt med honom? Är det någon du känner?

– Nej, det är det inte. Han har följt efter mig.

– Det menar du inte. Men varför kommer han inte in utan står där i snöyran? Men om det är någon du inte känner, finns det tydligen folk som blir kära vid första ögonkastet.

– Lägg av! Jag är inte upplagd för skämt just nu. Det är allvar vet du.

Han kastade en hastig blick på henne eftersom han inte gjort det tidigare. Hennes sätt att säga vet du påminde om Maj, som också sagt vet du titt som tätt. Kläderna verkade vara gamla och hon var inte direkt iögonfallande vacker men söt på ett gulligt sätt. Det cendréfärgade kortklippta håret hade han sett bakifrån, men framifrån ramade det in ett litet nätt vackert ansikte vars enda skönhetsfläck var de små runda glasögonen. De fick henne att se alldaglig och lillgammal ut på samma gång.

Men samtidigt fanns någonting i hennes blick han inte blev klok på. Läsa ögon kunde han inte Det var som om hon bar på en hemlighet, lite illmarig, som hans mamma hade sagt om en granne. Egentligen var hans pappas beskrivning full i fan mer passande.

Hon var rödblommig i ansiktet av kylan och blåsten och han hade svårt att gissa hur gammal hon var. Men hennes ögon var de blåaste han sett, färgen förstärktes antagligen av glasen i de små runda lustiga glasögonen. Vad han också kunde se var att det fanns ett oroligt uttryck i hennes ögon.

Hon kände sig tydligen jagad av killen på andra sidan gatan som när han kastade en blick ut genom fönstret stod kvar på samma ställe. Hans blick drogs till en liten droppe som satt under hennes lilla välformade näsa. Hon måste själv ha märkt den, för med en irriterad rörelse strök hon bort den med baksidan av handen.

– Nå, har du stirrat färdigt? sa hon och hennes röst gav en tydlig antydan om hur spänd hon var.

– Jo då, och du är faktiskt värd att följa efter.

– Sluta tramsa, jag vet väl bäst själv hur jag ser ut.

– Okej, lider du av mindervärdighetskomplex så. Jag menar bara att med ditt utseende skulle du inte behöva ha det problemet. Men du har ju ett annat problem också. Vad är det för märkvärdigt med killen som står därute och låtsas att vi inte finns till?

– Jag märkte att han förföljde mig redan när jag gick upp mot centrum. Eftersom jag tänkt handla lite inne på Gallerian, gick jag in där. Hela tiden kände jag hans blickar i ryggen och flera gånger såg jag honom mellan klädraderna inne på Lindex.

– Sa han ingenting till dig?

– Hur skulle han kunna det eftersom han aldrig var närmare än si så där en tio meter från mig.

– Jaha, han strök alltså runt dig utan att säga någonting. Men sen då?

– Vad menar du med sen då? Jag gick runt lite och hela tiden hängde han mig i hälarna. När jag kom ut från affären såg jag hur han låtsades titta i skyltfönstret vid Apoteket och som på beställning dök ett gäng killar upp som jag smög mig bakom och kunde sticka därifrån. Att jag gick åt det här hållet var bara en lyckträff. Ja, och att jag hamnade här på fiket vill säga. Det var ju bara för att bli av med honom. Det lyckades inget vidare som du ser.

Hon lutade sig fram och tog hans påfyllda kopp och drog den åt sig. Hennes hand darrade lite när hon lyfte koppen och drack. Det var ingenting att skratta åt egentligen men han gjorde det i alla fall. Han märkte att hon inte tyckte om det, för hennes ansikte skrynklades ihop på ett lustigt sätt.

– Och vad är det som är så lustigt, sa hon och ställde ner koppen.

– Du är ganska lustig faktiskt. Vill du att jag hämtar ett wienerbröd åt dig också, för du har väl inte beställt fika? sa han i ett försök att skoja med henne.

– Det räcker med det här. Jag råkade se dig sitta ensam och bluffade lite.

– På vilket sätt då?

– Genom att säga åt servitrisen att jag stämt träff med dig.

– Oj då, är du en sån smart tjej. Men vad ska vi göra nu då för att han ska tappa intresset för dig? Ska jag hålla dig i handen?

Leendet som plötsligt blommade upp i hennes ansikte, fick honom att dra efter andan. Om han tidigare haft en tanke på att hon var alldaglig så förändrades allt i samma ögonblick som hon log.

Det fanns värme i leendet och ögonen skiftade hastigt och lustigt från ängslan till någonting annat. Någonting som fick hela hennes ansikte att stråla.

Han visste inte varför, men leendet fick honom att tänka på Maj. Någonting i rösten och hennes sätt att gnugga med pekfingret mot bordsskivan gjorde att det fanns en viss likhet. Resten kunde han av förklarliga skäl inte jämföra med Maj.

– Du behöver inte hålla mig i handen, men du får gärna ge mig skjuts, sa hon.

– Då får du visa vägen, för jag hittar inte i den här stan.

– Då ska jag hjälpa dig med det.

Hennes leende förändrades till en liten lustig grimas. Han blev minst sagt överraskad när hon hastigt lutade sig fram över bordet och gav honom en klapp på kinden.

Tydligen var det ett tecken som killen i skinnjackan väntat på, för han vände på klacken och försvann ur deras synfält. Klappen på kinden fick honom att minnas den Maj gett honom och i det fallet klappade tjejen mittemot honom på exakt samma sätt.

– Han gick nu så det betyder väl att han gett upp hoppet om att få ha en romans med dig, sa han och blinkade menande med ena ögat.

Hennes skratt kom överraskande. Ett smittande mjukt skratt som fick hans mungipor att dras upp mot öronen. Men det svängde snabbt och hon blev i all hast otålig.

– Du är löjlig, vet du. Men är du klar så vi kan åka? sa hon.

Det var han och eftersom han redan betalat drog han upp jackans dragkedja och följde efter henne. Hans nyfunna sällskap stod redan vid dörren när han vände sig om. Han kunde tydligt se hur hennes blick svepte fram och tillbaka längs gatan. Antagligen tittade hon efter killen som följt efter henne. Han drog upp dragkedjan i jackan så långt det gick.

– Vart vill du åka? sa han. Bara så du vet, hittar jag inte mer än till bilen på parkeringen.

– Du bor alltså inte här?

– Jag har alldeles nyss kommit till stan. Måste leta reda på en adress som passar till den här nyckeln, sa han och tog upp den ur byxfickan. I det här vädret blir det inte lätt. Jag behöver hjälp och förhoppningsvis kan du hjälpa mig. Om du inte vill hjälpa mig kan jag fråga servitrisen.

– Då missar du chansen att få se lite av vår lilla vackra stad, sa hon.

– Det vill jag inte för allt i världen missa. Om man kan se någonting i det här ovädret. Häng på då om du inte vill hamna under snön och frysa ihjäl, halvt om halvt ropade han för att överrösta vinden när han öppnade dörren och störtade ut i ovädret.

Kapitel 13

Springande bakom honom lät hon blicken svepa utefter gatan. Mannen som följt efter henne fanns antagligen någonstans i närheten och frågan var vad han tänkte göra. Hon ångrade sin dumhet att ta kontakt med Gerhard, men blivit ivrig när hon känt igen bilen på parkeringen. Hon hade chansat att han satt på konditoriet. Omedvetet drog hon ner jackans dragkedja för att lätt komma åt pistolen.

Gerhard hade aldrig varit speciellt förtjust i att motionera, vilket han ofta fått negativa bevis på att han borde göra. På den korta stunden sedan snövädret börjat hade det fallit en decimeter blötsnö och efter språngmarschen till bilen, flåsade han. Dessutom hade iskall blötsnö letat sig in i skorna. Eftersom låset på förarsidan inte hade fungerat sedan han köpte bilen var det inga problem att snabbt få upp dörren. Ivrig att undkomma blötsnön kröp han snabbt in i bilen och öppnade dörren på passagerarsidan. Hans nya bekantskap gled smidigt in bredvid honom och slog igen dörren.

Asfalten på parkeringen har redan börjat täckas av en vitgrå sörja. Bilfönstren på hela högersidan där hon satt var helt täckt av snö. Trots att hon dragit igen dörren hårt satt snön fast på rutan som en ogenomtränglig sörja. Han lyfte på baken för att få ner handen i byxfickan och fiskade upp bilnycklarna. Han frös och fumlade med nyckeln när han skulle sätta den i tändningslåset.

Han hörde mullret från en kraftig motor som överröstade vinden och kom närmare. I sin iver att göra allt på samma gång, vred han om nyckeln utan att hinna sätta foten på kopplingspedalen. Det hade kanske inte gjort så mycket om inte hans högra fot hamnat på gaspedalen så att den var nedtryckt i botten. Motorn tände direkt, och Fiestan tog några hoppande skutt över kanten och den remsa som skilde parkeringarna åt. Skutten fick foten att halka av gaspedalen och motorn dog.

Han fattade inte vad bilen träffades av, men det fick hela bilen att ruska på sig. När han vred huvudet åt vänster såg han en stor svart bil studsa upp i luften efter att ha kört emot stenkanten som omgav parkeringen. Resten var som att se en film körd i slow motion. Det såg nästan overkligt ut när bromsljusen lyste medan bilen befann sig en bra bit upp i luften.

Bilen neg djupt när framhjulen tog mark på vägen, sedan dunsade bakändan i så att det slog gnistor under bilen. Den tog ytterligare ett skutt upp i luften och brakade in i ett skyltfönster. Det var bara flaket som stack ut ur fönstret, och han såg att bromsljusen slocknat.

– Vilken idiot, stönade han och var på väg att öppna dörren när hon grep tag i hans arm och hindrade honom.

– Kör härifrån! skrek hon. Han trampade ner kopplingen, innan han vred om startnyckeln så att Fiestan startade.

Det hela var overkligt och han kunde inte kunnat slita blicken från bilen i skyltfönstret och såg att mannen som trängde sig ut mellan bilen och det trasiga fönstret, liknade den person som stått utanför konditoriet. Mannens ansikte var förvridet i en grimas och för ett kort ögonblick tyckte Gerhard det såg ut som om han skrattade. Det gjorde han inte, Gerhard såg att det var blod som rann nedför hans ansikte.

– Men kör!

Gerhard lyckades få i ettans växel och Fiestan slirade igång med blötsnön sprutande från framhjulen. Det sista han såg innan de for ut från parkeringen, var att mannen gått ner på knä som om han bad en bön.

Gerhard körde på måfå uppför en backe och blev tillsagd svänga höger. Vindrutetorkarna gnisslade när de på högsta läge vispade fram och tillbaka för att hålla blötsnön borta från vindrutan. Själv hade han hade fullt upp med att hålla bilen på vägen. Temperaturmätaren visade att motorn inte hade hunnit svalna, och han vred på fläkten för fullt. Den ylade som en prärievarg, men gav i alla fall ifrån sig lite varmluft för att ta bort imman från vindrutan. För att få bättre sikt tog han trasan som alltid låg mellan sätena och torkade vindrutan framför sig.

Först när de passerat några små gula kåkar på båda sidor om vägen och kommit ner till en korsning vid järnvägen, som det slog honom vad som varit på väg att hända. Om inte Fiestan hoppat framåt hade de blivit mosade av den stora bilen. Han gjorde som hon sa och svängde höger vid korsningen och stannade bilen efter att ha passerat trafikljuset. Benen började skaka så att han måste pressa fötterna mot golvet och gripa hårt om ratten.

– Herregud, den hade kunnat ramma oss och vi blivit ihjälkörda, hörde han henne säga med darr på rösten.

Han sneglade på henne och såg att hon var nästan kritvit i ansiktet. Själv kände han sig som en geléklump när darrningar spred sig genom hela kroppen. Samtidigt slog honom en tanke som gjorde honom fly förbannad på den som nyss varit nära att mosa dem. Det var hur tydligt som helst att hon inte sagt hela sanningen. Hon var säkert mer insyltad med killen än vad hon sagt. Försöket att ramma dem hade varit en vansinnesgrej, som bara en svartsjuk kan komma sig för med att göra.

I samma ögonblick slog det honom att killen kommit ut ur bilen på höger sida. Alltså måste det ha varit någon annan som kört bilen. Det betydde att två dårar gick lös men som han hoppades skulle sys in av polisen. Vårdslös framfart och grov skadegörelse. Skyltfönster var inte billiga att reparera. Hur som helst började det mer och mer likna rena rama kallamakocko, som Hasse brukade säga när någonting verkade helsnurrigt.

– Okej, lilla vän, får jag höra sanningen nu då, sa han och försökte låta så tuff som möjligt. Det gick inget vidare, men han hoppades hon inte märkt skälvningen som funnits i hans röst.

– Kalla mig inte för lilla vän, fräste hon ilsket. Bara så du vet är jag faktiskt ett år äldre än dig. Vad menar du med att jag ska säga sanningen, förresten?

Hennes ilskna ton fick hans tankeverksamhet att låsa sig. Hennes ansiktsfärg hade antagit en något rödare nyans och läpparna var sammanpressade till ett smalt streck.

– Vad det handlar om och vilken killen är, lyckades han få ur sig.

– Du får tro vad du vill. Jag har aldrig sett honom förut.

– Kan du då förklara varför han fanns med i bilen som försökte ramma oss? Hade jag inte haft gasen i botten så vi skuttade över den där mittremsan hade den där bilen gjort slarvsylta av oss. Tur att ingen bil stod mitt emot. Men det begriper du väl att jag vill veta varför den där killen var ute efter att skada dig.

– Jag är inte inblandad i någonting skumt, men om jag inte har fel är både killen och den andra som satt i bilen det. Men kan vi inte spara prata om det till dess vi kommer till lägenheten du letar efter? Kör fram till nästa korsning och sväng höger vid trafikljuset.

Han ifrågasatte aldrig det hon sa, utan följde hennes instruktioner. Hur hon visste vart de skulle åka, ägnade han inte en tanke. De svängde höger och vänster så han fick en känsla av att åka sicksack genom staden. Det hon sa var en gågata tvingade dem åka smågator för att komma runt vad han antog vara själva centrum. Minst sagt snopen upptäckte han att de passerade nedanför den stora parkeringen de hade haft bråttom ifrån. Utan att fråga lät han henne dirigera upp honom på en parkering bakom en stor affärsbyggnad.

– Den kan stå här så flyttar vi den imorgon, sa hon och han parkerade nära ett lågt staket.

Hon var snabb ut ur bilen och Gerhard ville inte vara sämre i ruskvädret. Snabbt lyfte han ut sin resväskan från baksätet och pulsade efter henne i snömodden när hon utan att se efter om han var med eller inte, pulsade före med bestämda steg.

Det blåste och snöade nästan värre än tidigare. Även om en långkjol inte var det mest praktiska plagget i kylan, verkade det inte bekomma henne. Lyckligtvis behövde de inte gå långt, för hux flux stod de utanför adressen han letat efter. Han stampade av sig snön från de nu dyblöta skorna när porten smällt igen bakom ryggen och tittade på namntavlan i trappuppgången. Hon satte fingret på tavlan och Gerhard stirrade förvånad eftersom det stod Bv. G. Svensson. På samma våningsplan satt en vit plastremsa på vilken det stod Vakant.

Hon hade redan hunnit uppför den korta trappan och stannat framför dörren till vänster när Gerhard kom ikapp henne. Nyckeln han fått passade när han satte den i låset och vred om.

Kapitel 14

– Följer du med in?

Något svar fick han aldrig, men tydligen ville hon det, för hon skyndade förbi honom så fort han öppnat dörren.

– Känn dig som hemma, jag måste på toa, sa hon och försvann in genom en dörr i slutet av hallen.

Han kunde inte annat än beundra henne. Visst hade hon haft lite panik i rösten när bilen nästan rammat dem, men sedan hade hon varit kall som en fisk. Hur han än vände och vred på det, kunde han inte tro att hon var inblandad i någonting skumt. Det verkade knappast troligt och han såg fram emot de eventuella förklaringar hon kanske skulle ge honom.

Det fanns ingenting han avskydde så mycket, som att känna sig dum. Men det var just vad han gjorde när han blev stående i hallen och visste varken ut eller in. Väskan kändes plötsligt tung som bly och han ställde ner den på golvet.

Darrningarna i benen hade kommit tillbaka och han kände sig matt i hela kroppen. Antagligen beroende på det han nyss upplevt, men också för att obesvarade frågor började bli för många. Vad han ville ha svar på först och främst var vem som ägde lägenheten han befann sig i.

Så mycket stod klart för honom, att han hade en nyckel som passade till lägenheten. Enligt namnet på namntavlan nere i porten, var det G. Svensson som bodde i den. Eftersom det stått fri bostad i anställningskontraktet, måste det vara hans nya lägenhet.

Men det fanns ytterligare en fråga som väntade på svar, nämligen vad var det för en underlig tjej han fått på halsen. Först hade han uppfattat det som att hon inte var från staden och sedan hittat i den som i sin egen ficka. Men det som förbryllade honom mest var att hon hittat till adressen, utan att han talat om den för henne. Vad han kunde minnas, hade han bara visat upp nyckeln. Alltså måste hon ha känt igen honom och visste vem han var. Det slog honom plötsligt vad hon sagt, att hon var ett år äldre. Hur kunde hon veta det? Hon måste ha vetat vem han var redan när hon utan vidare satt sig vid hans bord på fiket.

Det skrämmande var att någon med berått mod försökt att om inte döda, så i alla fall skada henne. Inte bara henne, utan även han hade kunnat stryka med av bara farten. Hon hade när han tänkte efter mer befallt honom vad han skulle göra än fått panik. Att någon var ute efter att skada eller kanske rent av döda henne fick magmusklerna att dra ihop sig. Men vad var hon inblandad i ...?

Försiktigt tog han några steg framåt och kikade in genom dörröppningen till vänster. Det var köket och allt verkade toppmodernt och sprillans nytt. Han gick ytterligare några steg nedför den smala hallen. Till vänster om toalettdörren kunde han se in i sovrummet. Vad han kunde se fanns en bred dubbelsäng med ett färggrant överkast. Varför en dubbelsäng om det var hans lägenhet, eller skulle han inte bo där ensam ...

De dubbla glasdörrarna till höger om honom, antog han ledde in till rummet och försiktigt gick han fram och öppnade dem. Han trodde inte sina ögon när han såg de vackra tavlorna på väggarna, de svarta skinnmöblerna och ett färgmatchande lågt massivt bord framför. Efter ena långväggen stod en bokhylla som inte bara innehöll böcker, utan även en stereo. Bredvid balkongdörren snett placerad kunde han se en enorm teve på väggen.

När andra brevet kommit innehållande nyckel och den adress han nu befann sig på, hade han omedvetet utgått från att lägenheten han skulle få bo i var omöblerad. Precis som det första brevet dagen när Maj åkt, hade det inte funnits någon stämpel eller porto på brevet. Företaget hade till och med ordnat en flyttfirma som skulle ta hand om allting. Det enda han behövt göra var att ge vaktmästaren nycklarna. Men vad skulle han göra med möblerna när dom kom eftersom lägenheten var fullt möblerad? Dessutom verkade det som om någon bodde i lägenheten han stod i. Var denna någon tjejen inne på toaletten ...

Att den tanken slog honom berodde inte bara på att det luktade rent och verkade nystädat, utan också för att hon verkade vara hemtam. Det fanns också en svag parfymdoft i lägenheten. Han skulle inte ha märkt det om inte först Tanja och sedan Maj bott hos honom.

Den svaga sötaktiga doften påminde honom om den Maj efterlämnat i hans lägenhet. I över en vecka hade hennes doft funnits kvar överallt efter att hon åkt. Men till slut hade den tonat bort, trots att han låtit bli att vädra för att hålla den kvar. Antagligen hade hennes doft bara funnits i hans huvud. Att det varit något han inbillat sig i ett försök att hålla deras tid tillsammans levande,

Han kunde höra henne spola inne på toaletten. Tyst stängde han glasdörrarna och gick mot köket. Bakom ryggen hörde han henne säga:.

– Nå, vad tycker du om din lägenhet?

Förvånad vände han sig om och såg henne stå med handen på dörrhandtaget till toalettdörren. Hennes klädsel stod i bjärt kontrast med hennes söta ansikte. Den gråa tröjan hon var klädd i var minst två nummer för stor och nådde nästan ändra ner till knäna. Tröjärmarna var så långa att bara den yttersta delen av fingrarna stack fram.

De bruna grova kängorna verkade inte bara klumpiga, utan passade inte ihop med den bruna långkjolen. Den bruna jackan modell äldre hon haft på sig höll hon i handen. Efter att ha stängt dörren, gick hon förbi honom och hängde upp jackan under hatthyllan. När hon tagit av sig kängorna såg hon nästan forskande på honom.

– Vad är det med dig, du verkar skakis, sa hon med fullt naturlig röst. Tänker du fortfarande på det som hände?

– Går inte att undvika att tänka på det, erkände han. Det hade kunnat sluta illa.

– Det var tack vare dig vi klarade oss. Om du inte reagerat som du gjorde hade vi blivit mosade. Det fanns bara en väg att komma undan och den tog du. Jag har misstagit mig på dig.

Försiktigt sneglade han på henne. Det var ju bara ren tur att bilen hoppat framåt, skämtade hon med honom, eller ...? Men han såg att hon var allvarlig och beslöt att inte säga någonting. Vad skulle hon tycka om han sa som det var. Allt hade ju berott på ren tur i oturen.

För att byta ämne sa han:

– Hoppas det inte är ett misstag att det här är min lägenhet.
Tycker det snarare verkar vara din.

– Hur kan du tro att det här är min lägenhet? Det står ditt
namn på namntavlan nere vid porten.

– Man kan väl inte ta allting för givet. Jag vet ju inte om det
finns andra som heter Svensson och har samma initial i
förnamnet som jag. Jag vet till exempel inte vad du heter. Vi
heter kanske G. Svensson båda två, eller …?

Det gjorde hon inte, utan Greta Larsson. Han hade på tungan
att fråga henne om det var taget namn. Dessutom var hon
sekreterare på firman där han skulle börja, så hur hon kunnat
veta vad han hette och hur gammal han var förklarade en hel
del för honom.

– Hur länge har den här lägenheten varit min? kunde han inte
låta bli att fråga.

– Din är den från och med nu men firman har ägt den så
länge jag varit här, sa hon. I den här lägenheten har jag bott
till och från. Vi går in i köket så ska jag förklara för dig.

Lydig följde han efter henne och sjönk ner på en köksstol
mittemot henne.

– Det finns en hel del jag måste förklara för dig. Först kan jag väl tala om varför jag bott här, sa hon och strök med handflatan över bordsskivan. Du förstår, det har hänt lite saker senaste tiden. Vad vill du att jag ska börja berätta om?

– Varför inte dra hela historien från början så att jag kan hänga med, sa han och satte sig tillrätta på stolen.

– Du kanske vill ha lite fika först, sa hon.

– Jag har nyss fikat, det borde väl du veta.

– Men jag vill ha lite, sa hon och reste sig från bordet.

Någon hade tydligen kokat kaffe för det stod en termos på diskbänken och hon plockade ner en mugg ur skåpet ovanför. Han stirrade på henne medan hon fyllde muggen och tog en klunk och hennes ansikte förvreds i en oslagbar grimas. Hon ruskade på sig så han utgick från att kaffet smakat vidrigt och mycket riktigt sa hon:

– Fy sjutton, det är ju bara pissljumt.

Hennes sätt att säga det fick honom att börja skratta. Han märkte därför inte ens att hon kom tillbaka och satte sig vid bordet.

– Var det så roligt att kaffet blivit nästan kallt, sa hon och han såg på henne fortfarande skrattande.

Han såg att det ryckte i hennes ansikte, som om hon hade svårt att hålla sig för skratt. Hon tog av sig de lustiga små glasögonen och lutade sig fram över bordet och lade pannan mot bordsskivan. Sedan började hennes kropp att skaka av skratt.

– Sa jag verkligen pissljumt? nästan frustade hon fram.

Gerhards skratt fastnade i halsen. Allt som hänt tidigare måste ha fått honom ur balans, för han började inbilla sig saker. Det var inte bara hennes skratt som påminde honom om Maj, utan också hennes sätt att lägga huvudet på bordet. Varje morgon när Maj skrattat vid någon av deras vilda diskussioner hade hon gjort likadant.

– Du sa pissljumt, sa han efter en stund när hon lugnat ner sig. Men du lyckades faktiskt förklara exakt för mig, hur ljumt kaffet var.

– Det bara slank ur mig, sa hon med dov röst eftersom ansiktet fortfarande var pressat mot bordsskivan. Orvar har en massa uttryck för olika saker.

– Vilken är Orvar?

– Du kommer att få träffa honom så småningom. Han är ett original som alltid använder roliga ord. När någonting inte är tillräckligt varmt är det pissljumt, eller fickljumt när det gäller brännvin. Förra veckan när vi hade en solig dag sa han att det var fisljumt i luften.

Gerhard såg verkligen fram emot att träffa den mannen.

Kapitel 15

En stund senare när han hängt in sina kläder i en garderob, satte de sig i köket igen. Det var som om all främlingskap mellan dem försvunnit. Han kände sig plötsligt säkrare, och för första gången lade han märke till hur hon såg ut. Tidigare hade han inte sett på henne så noga, utan bara helt flyktigt. När hon inte hade glasögonen på sig var hennes ansikte mjukare, sötare, faktiskt var hon skitsnygg.

Han kunde inte begripa varför hon medvetet gjorde sig gråare och obetydligare än hon i själva verket var. Han fick en känsla av att hon gömde sig bakom en mask. Varför klädde hon sig annars så trist och smaklöst? Kunde det vara så att hon medvetet gjorde det? Att hon klädde sig fult för att undvika väcka uppmärksamhet ...? Han blev inte klok på henne.

Hon verkade bekymrad. Ansiktet hade blivit allvarligt och såg nästan frånvarande ut när hon höll hon den ena skakeln till glasögonen och snurrade dem. Efter en stund slutade hon snurra glasögonen och satte dem på sig. De skämde inte så mycket som han tyckt tidigare Ögonen framträdde exakt så tydligt som han upplevt att de gjort tidigare, men nu fanns det inte samma glans i dem.

Frågorna som tidigare funnits i hans huvud dök upp på nytt. Att hon visste hans namn var inte längre underligt men det fanns andra frågetecken. Hur hade hon kunnat känna igen honom? Men av vilken anledning hade hon spelat teater på konditoriet? Han kom av sig i tänkandet när hon sa:

– Vilken tur att jag såg din bil på torget. Det ångade från motorhuven så du måste nyss ha kommit. Jag chansade på att du gått för att fika. Och det hade du ju.

Att hon till och med kunnat känna igen hans bil, förvånade honom konstigt nog inte. Över huvud taget kändes det som om ingenting skulle kunna förvåna honom längre. Det slog honom att hon inte ens nämnt någonting om killen som försökt ramma dem, så han frågade försynt:

– Men killen som följde efter dig då?

– Honom har jag aldrig sett förut. Van att skugga folk var han inte. Antagligen fick han syn på mig av en ren slump. Hur som helst smet jag iväg och trodde faktiskt att jag skakat av mig honom.

– Jag trodde du kände killen, han följde knappast efter dig utan anledning. När han stod kvar i ruskvädret trodde jag det var en svartsjukegrej.

– Om det varit så väl.

– Det handlade alltså inte om svartsjuka, det betyder att någonting annat ligger bakom. Men kan du svara på hur du kan veta så mycket om mig, sa han och såg henne i ögonen.

– Min syrra har berättat allt om dig. Du har väl inte glömt bort Maj som bodde hos dig?

Bara att bli påmind om Maj fick hjärtat att börja bulta i bröstet och det hettade till i ansiktet. Det hade alltså inte varit någon slump att hon bott hos honom.

– Att hon bodde hos dig några dagar var ingen slump, fortsatte hon. Jag var tvungen att försöka få reda på så mycket som möjligt om dig så snabbt som möjligt. Dom uppgifter jag fick fram om dig var inte smickrande precis. Men det var Herman som anställde dig och han sa att du var okej.

Hennes svar kändes inte överraskande. Han visste ju med sig att inte sökt jobbet men han var tvungen att fråga.

– Jag har inte sökt jobbet jag fått, eller hur?

– Det har du inte, det var Herman som letade upp dig. Men han var så hemlighetsfull och det brukar han inte vara.

– Och vem är Herman?

– Han äger företaget och är alltså din chef.

– Och det som hänt är att någon blivit sur för att jag fick
jobbet. Eller ...?

– Det har nog ingenting med det att göra, utan det började
hända underliga saker samma vecka som Herman officiellt
stack iväg till Florida i affärer förra månaden. Det var då jag
fick veta att du anställts och krävde få kolla upp dig. Du får
faktiskt förlåta mig, men jag ville veta hur inblandad du var i
det vi håller på med.

– Att jag har taskigt ställt gör väl inte det mig till en skurk,
kunde han inte låta bli att säga.

– Jag sa ingenting om skurk. Men jag har lärt mig att inte lita
på folk. En del kan göra vad som helst för pengar. Bara så du
vet det fick jag fått en annan uppfattning om dig efter Majs
besök.

– Allt det där låter vettigt, men varför anställde Herman mig?
Den där knäppa hyresgästen jag fick på halsen före Maj, var
han inblandad i det också?

– Maj åkte ner efter att ha talat med Herman och då hade han
redan träffat dig. Jag vet ingenting om den andra. Men jag vet
att hon kollas upp för att se vilka avsikter hon hade.

– Men exakt vad trodde du jag var för person och vad jag var
inblandad i?

– Herman var så hemlighetsfull och jag visste ingenting om dig utan drog förhastade slutsatser bara. Men det finns en förklaring till det. Fram till för två dagar sen, visste jag inte att Herman var din farbror. Det satt långt inne innan han talade om det.

Hennes ord orsakade kortslutning i huvudet på Gerhard.

– Jag visste inte ens att jag hade en farbror, sa han efter en stund. Jo, kanske förresten Jag minns att min pappa och jag träffade en farbror en gång, men då var jag inte gammal.

– Det kunde inte jag veta, eller hur? Du förstår, jag är den som är insatt i företagets skötsel och olika affärskontakter. Eller rättare sagt var jag det, för nu har jag lärt upp Maj, så hon vet allt ifall jag måste dra mig undan ett tag.

– Vad menar du med det?

– Har du glömt det som hände alldeles nyss? Några dagar efter att Herman rest bort, upptäckte banken att någon försökte kapa företaget. Enligt Herman var det väntat men vårt säkerhetssystem fungerar så att både Herman och jag måste skriva på och godkänna alla utbetalningar. Banken slog larm om flera utbetalningsavier som kommit dit med enbart Hermans underskrift. Banken hade kontaktat firmans advokat som låtit Hermans experter på namnförfalskningar titta på det. Enda svaret han kunnat ge var att förfalskningen var skickligt gjord men det hjälpte ju inte. Vi vet alltså att det handlar om en välorganiserad liga vi har att göra med.

Han reagerade på att hon sagt vi och förvånad hörde han henne parata om att det fanns instruktioner för allt som ska göras om någonting inträffar när Herman är bortrest. Det gäller även om någonting skulle hända henne. Att det därför alltid var två som måste skriva under det som hade med banken att göra. Tidigare hade det varit Greta och Herman, när han nu är borta är det två nya som har fullmakt.

Av allt hon sagt var det han fastnat för hur sakligt hon sagt om någonting skulle hända henne. Någon var tydligen ute efter att ta livet av henne. När han såg på henne kunde han inte fatta det. Någon vanlig tjej kanske hon inte var, men hon levde ju farligt.

– Du sa om någonting skulle hända dig. Har du varit utsatt för hot? Det är olagligt att hota ta livet av någon.

– Efter att utbetalningarna stoppades hade jag inbrott i min lägenhet. Det märktes tydligt att den blivit genomsökt, men ingenting var stulet, bara genomsökt. Antagligen var de ute efter att min namnteckning skulle finnas på något papper. Några dagar efter blev jag faktiskt hotad att någonting kunde hända mig. Dom gjorde ett försök att spränga mig i luften men jag råkade ge dom en minnesbeta. Det finns alltså någon eller några som vill få bort mig så att de kan jobba ostörda. Antagligen vet dom att Herman är borta och tror att jag är ett våp som är anställd att svara i telefonen.

– Men det är du antagligen inte. Så det var alltså därför du har bott här. Men menar du verkligen att någon hotat döda dig?

– Det var inget tomt hot, det gjorde mannen som ringde klart för mig. Ja, du såg ju själv vad som hände på torget.

– Tror du dom kommer att försöka igen?

– Dom kommer inte att få en chans för jag reser bort redan tidigt i morgon. Men för att röra om lite i grytan har Herman informerat företagets revisor att några helt nya personer ska komma in i bilden. Det får bli en överraskning att Maj tar över och ditt namn vet dom tydligen redan. Jag har skrivit den nya fullmakten och dom kanske misstänker att det är där du kommer in i bilden.

– Du menar att jag är den andra som har fullmakt?

– Alldeles riktigt, den ena är Maj och den andra du. Jag behöver förresten din namnteckning, men det kan vi ta senare.

– Kan det inte bli lika farligt för Maj?

Frågan fick henne att börja rita cirklar på bordet och han kunde tydligt märka att hon var nervös, men försökte dölja det. Efter en stund sa hon:

– Det beror på hur desperata dom kommer att bli. Jag är inte orolig för Maj, men risken finns att ni båda kan råka ut för någonting. Är du beredd på det?

– Jag tycker det låter som ett fall för polisen.

Hon tittade på honom med ett underligt uttryck i ansiktet, men ruskade sedan på huvudet.

– Det är ingen idé att blanda in polisen utan ni får ta saker som dom kommer enligt Herman. Det som oroar mig är att Herman kopplat in sitt gamla team och det betyder att någonting stort är på gång. Jag misstänker att typerna som försökte ramma oss är en del av det. Men nu handlar det inte bara om mig utan dig också så jag måste ta reda på vad som är på gång.

Hennes nervositet smittade av sig på honom och han började få en klump i magen och sa nästan vädjande:

– Men vi kan väl ligga lågt till dess min farbror kommer tillbaka. Han måste ju få veta vad som hänt. När kommer han hem förresten?

– Det har jag ingen aning om. Inte företagets revisor heller som yrade om en massa papper som måste skrivas på när han fick veta att Herman rest bort. Jag har grubblat över varför Herman har den revisor han har. Men jag har fått uppfattningen att han är en del av någonting i den soppa Herman verkar han kokat ihop. Jag vet att Herman skrivit en instruktion om vad som är på gång, men jag vet inte vem som har den. Men Maj letade igenom din lägenhet därför att jag misstänkte att du hade den. Eftersom den fortfarande saknas blir det Majs och ditt jobb att ta reda på var instruktionen finns.

Han började så smått fatta varför företaget behövde en säkerhetsansvarig, men kunde inte se sig själv som det. Vad kunde han göra för nytta när både Greta och Maj verkade kunna ta vara på sig själva.

Flyktigt slog honom tanken vad denna Herman sysslade med. Och farligt verkade det vara. Jobbet hans morbror ordnat åt honom kändes inte speciellt lockande längre om det inte varit för att få träffa Maj igen.

– Har du blivit klokare av det jag sagt, hörde han henne säga mitt uppe i sina funderingar.

Han ruskade på huvudet. Faktum var att han inte blivit klokare utan snarare kände sig dummare.

– Hur känns det att få jobba ihop med Maj och hålla ställningarna under tiden Herman och jag är borta?

– Att jobba med Maj är inga problem men hur ska jag kunna hjälpa till? Så här långt är allting plus för mig. Jag fick femtusen i ett kuvert till resan. Pengarna har jag använt till att köpa kläder, fyllt på olja och tanka bensin i bilen. Har pengar över så jag tar mig tillbaka hem också.

– Åka tillbaka kan du glömma för nu är du redan så insyltad du kan bli. Eller är du rädd för vad som kan hända?

Gerhard märkte att hon låtit spydig men det hade också funnits någonting annat i hennes röst. Kunde det vara så att hon var besviken över att han tvekade ...?

– Jag menade inte som det kanske lät. Det ska bli kul att få träffa Maj igen och kan jag hjälpa till så gör jag det.

– Jag hade blivit besviken annars. Du ska följa med henne till revisorn i morgon. Vi kan prata lite mer om det här senare för jag måste uträtta en massa ärenden tills i morgon. Till dess jag ordnat allting får du klara dig själv.

Han kände sig avsnoppad när hon reste sig och gick ut i tamburen. Känslan av att allt inte stod rätt till fick honom att ställa sig i dörröppningen under tiden hon klädde på sig.

– Du är väl försiktig? sa han när hon öppnade ytterdörren.

Hon svarade inte, men log och nickade alldeles innan hon stängde den.

Efter att först gått nerför trappan, skjutit upp porten och låtit den smälla igen, gick hon försiktigt tillbaka uppför trappan och låste upp dörren till lägenheten bredvid. Snabbt tog hon av sig sina ytterkläder och gick raka spåret till bäddsoffan och drog ut underdelen.

Försiktigt plockade hon upp kläder och hängde den blonda peruken på bordslampan bredvid soffan. Metodiskt plockade hon upp allt som skulle komma att behövas och när det var gjort tog hon upp sin surfplatta.

Utan att fråga Herman hade hon placerat en webbkamera i varje rum. Snabbt kontrollerade hon att alla fungerade och pekade på bilden från kameran i sovrummet. Tydligt kunde hon se Gerhard stå framåtlutad och packa upp sina kläder ur väskan. Hon kunde inte hindra ett leende när hon såg honom stå där. Han var gullig och det hade klickat redan första gången hon såg honom. Något proffs som hon trott var han inte, men än så länge hade han skött sig bra. Den oro hon känt för det han blivit indragen i hade lugnat ner sig. Han var inte en hjälplös stackare utan visat sig kapabel att klara av saker under press. Hon var helt enkelt tvungen att lita på Hermans omdöme för hon ville verkligen lära känna honom bättre.

Hon släckte ner programmet och plockade upp telefonen ur fickan. Nästan omgående kunde hon se Hermans ansikte på skärmen. Omedvetet log hon, om det var någon hon litade på till hundra procent var det Herman. Varför hon hade en känsla av att han undanhöll någonting viktigt för henne kändes därför minst sagt märkligt.

– Hej gumman, hur går det? hörde hon hans mörka röst säga.

– Trots att du inte talat om allting för mig, har det gått bra hittills. Jag vill veta vilka vi har att göra med eftersom dom börjar bli lite väl närgångna. Du kan inte mena att jag ska vara dadda åt honom. Hur har du tänkt det?

Skrattet mullrade mot henne och hon kunde inte låta bli att le.

– Bra fråga. Istället för dadda som du säger, se honom som din nya partner istället. Du är van vid att hantera saker när dom dyker upp och vi har precis satt igång det hela. Men det är inga duvungar vi har att göra med och därför har jag varit hemlighetsfull. Lita på mig, ni kommer att få veta mer efterhand. Hur är det har han inte fått fram instruktionen än? Trodde det skulle vara en enkel match för honom. Får väl ge honom en fin vink om han inte kommer på det. Efter besöket morgon kan det börja hetta till, så var försiktiga. Jag är nyfiken på om du fått en bild av vem han är och hur han är. Visst är han gullig, eller hur?

– Vad menar du med att jag ska se honom som min nya partner? Menar du att jag ska lära upp honom? Om jag tycker han är gullig har du inte med det att göra. Det verkar som om du försöker para ihop oss, men ...

Hon hejdade sig när Hermans bild plötsligt försvann från skärmen och stängde av telefonen och lade den ifrån sig. Typiskt karlar, han hade inte lyssnat på henne. Förbaskade Herman muttrade hon, men kunde inte hindra att hon log brett.

Kapitel 16

Efter att ha packat upp sina kläder och tagit en varm dusch, slötittade Gerhard en stund på olika program på teven. Vid sjutiden började han titta ut genom fönstret för att se om hon skulle komma tillbaka. Efter en som han tyckte var som en evighets väntande kände han sig hungrig och plockade fram vad han behövde för att kunna göra en smörgås ur det välförsedda kylskåpet.

Men ett par smörgåsar kunde inte dämpa den gnolande känslan som fanns i magen och insåg att han började bli riktigt orolig. Hade det hänt henne någonting ...?

För att skingra tankarna gick han in i rummet och tog på måfå en bok ur bokhyllan. Stulen lycka stod det på den. Bokens titel gav en vink om att det var en kärleksroman, men han tog ändå med den in till sovrummet.

Den stora dubbelsängen såg inbjudande ut. Han vek undan sängöverkastet och staplade upp kuddarna vid huvudändan. Han hade kommit till slutet av andra kapitlet och läst om ett flygplan som störtade och föll igenom isen på en flod, när ögonlocken föll ner på honom.

På gränsen till att somna hörde han en dörr slå igen ute i trappuppgången och en kort stund efter hörde han ljudet från en nyckel som sattes i dörrlåset. Han hörde dörren öppnas och stängas. Strax efter skramlade det till bland klädhängarna och det hördes två dova dunsar.

Han tänkte ropa och fråga om det var Greta som kommit, men det kunde ju inte vara någon annan. Efter en stund dök hon upp i dörröppningen.

– Jaså, du har legat en stund, sa hon och satte sig på sängen. Blev du orolig när jag blev borta så länge?

– Du blev borta länge. Klart jag funderade över vart du tagit vägen, sa han sanningsenligt. Är inte det naturligt efter det du sa och det som hände förut idag?

– Det var verkligen gulligt av dig. Men du hade inte behövt oroa dig, jag har bara haft mycket att ordna tills i morgon. Har du kommit dig för att äta nånting?

Han sa som det var, att han tagit sig ett glas mjölk och några smörgåsar.

– Men nog kan du väl göra mig sällskap och dricka lite kaffe, sa hon nästan bedjande. Jag är både hungrig och kaffesugen. Dessutom tänkte jag tala om en del saker för dig som kan vara bra att veta om din farbror.

Kaffet lockade inte speciellt, däremot löftet om att få veta lite mera om sin farbror, så han följde efter henne till köket. Under tiden hon gjorde i ordning smörgåsar och kaffe följde han henne med blicken. Hon hade inte bytt kläder, utan var fortfarande klädd i den oformliga tröjan och den bruna långkjolen. Men hennes klädsel störde honom inte längre, däremot fick den hans fantasi i rörelse. Han försökte skapa sig en bild av hur hon såg ut under de fula kläderna.

Gretas sätt att röra sig när hon inte hade de grova kängorna på sig, tilltalade honom i allra högsta grad. Han kom att tänka på Majs sätt att röra sig, och likheten var frapperande, för att inte säga identisk. Inte så konstigt egentligen att det fanns likheter eftersom de var systrar. Längre hann han inte tänka innan kaffet och smörgåsar stod på bordet.

Han hade väntat sig att hon skulle börja berätta om hans farbror under tiden de drack kaffet, men det var först när de kommit in i rummet och satt sig i skinnsoffan som hon sa något. Men det hon sa, var inte vad han väntat sig. Det var tur att han satt stadigt och inte stod på benen när hon sa:

– När vi har gått igenom allting, går vi och lägger oss. Det känns lite pirrigt att vi ska dela säng. Vet du, jag är inte van vid att sova en natt i samma säng som en kille. Har aldrig gjort det.

Han hade aldrig träffat någon tjej som varit så rakt på sak. Hennes naturliga sätt att säga det, gjorde att han fick tunghäfta. Inte bara tunghäfta, utan också stel och spänd i hela kroppen. Att hon skulle ligga kvar var en överraskning han inte väntat sig.

– Förlåt mig, Gerhard, hörde jag henne säga. Jag har ju inte ens frågat om jag får ligga kvar här. Men jag måste, förstår du. Gör det nånting?

– Inte alls, sa han, men övertygande lät det inte.

– Det såg så ut, faktiskt. Är det så att du inte heller är van att sova i samma säng som någon?

– Det har hänt några gånger, men efter att pappa dog blockerade sig allting för mig. Men det kanske berodde lika mycket på dåliga erfarenheter. Mitt favoritställe biblioteket är ju knappast ett ställe att ragga tjejer på.

– Okej, vi tar det som det kommer. Men jag lovade ju att berätta lite om din farbror, fortsatte hon till synes oberörd. Herman är lite knepig att förstå sig på, men när man lär känna honom är han en otroligt fascinerande person. Jag skulle kunna berätta ...

Gerhard fick höra att Herman gick helt upp i sitt arbete. Tidigare hade han inte brytt sig om något annat än sitt stora företag i Amerika. Men så hade han talat om att han startat ett företag i Sverige. Ett land hon bara hört berättas om och märkligt nog om just orten Sandviken. Att företaget där skulle bli spindeln i nätet. Vad som skulle fastna i nätet hade däremot Herman inte talat om.

Hon hade blivit förvånad när han bett henne ta tjänstledigt för att hjälpa honom med ett viktigt uppdrag firman fått. När hon kommit hade företaget redan många kontakter ute i Europa. Ingenting hade sagts om hur länge firman skulle finnas kvar, hennes tjänstledighet gällde bara ett år. Det har redan börjat var senaste beskedet hon fått. Det var bara att vara beredd och hänga med i det som skulle hända..

Gerhard försökte smälta det hon sagt. Men var passade han in i bilden?

– Han är tydligen en som har häcken full, kunde han inte låta bli att säga. Men nu verkar det som att hanhåller på att varva ner. Men du sa att han varit det *tidigare*. Tänker han lägga av efter det här?

– Om jag det visste, sa hon och såg ledsen ut. Min mamma och Herman har känt varandra länge och han kom ofta hem till oss. Efter att jag kom hit skulle allt planeras in i minsta detalj. Det betydde att jag fick jobba långa dagar för att sätta mig in i allt som rörde företaget. Men vissa saker var han så hemlighetsfull med, jag kände det som att han inte litade på mig. Inte minst kodade meddelanden som han själv tog hand om.

– Han kanske vill skydda dig från att veta för mycket, flög det ur honom.

– Det har jag aldrig tänkt på, sa hon. Men jag har funderat över varför du plötsligt kom in i bilden. Är det för att du skall dra åt dig uppmärksamhet blir jag orolig. Då blir du en måltavla för personer som inte verkar dra sig för att döda folk.

Hade han blivit anställd för att bli en måltavla istället för Greta …? Det lät helt vansinnigt, men helt i stil med vad han brukade råka ut för.

Kunde det verkligen vara så att han fungerade som en sorts lockbete? Tanken var svindlande. Av vilken anledning i så fall? Men hade fått vara med om några underliga saker för att bara kunna vifta bort. Vad var den egentliga anledningen till att hans farbror lurat in honom i någonting han inte hade en aning om vad det handlade om?

Kapitel 17

Tankeöverföring eller inte, men hon började vidareutveckla de tankar han tänkt. Hon lät nästan förvånad på rösten när hon sa att det inte stämde in på hur Herman var. Hon kunde inte tänka sig att han medvetet satt honom i skottgluggen. Herman var inte en sån, tvärtom var han en försiktig person som noga övervägde allting.

Under tiden hon fortsatte berätta om hur Herman var som person, reste hon sig ur fåtöljen och försvann ut genom dörren. Hon pratade på från där hon befann sig och det kändes på samma sätt som dagarna med Maj. Under tiden han lyssnade på det hon hade att säga, slappnade han av och började nästan känna sig som en del av någonting istället för att känna det som att ha halkat in på ett bananskal. När han hörde att hon slutat prata sa han:

– Kan inte påminna mig om att pappa någon gång pratade om Herman. Jag kanske ska ringa till ...

Rösten svek honom när hon utan att han hört henne kommit tillbaka in genom dörren. Borta var den fula långkjolen och tröjan och han stirrade på henne så att det kändes som om ögonen skulle trilla ur huvudet. Varför var oförklarligt, men han fick en känsla av att hon medvetet visade upp sig när hon stannade framför honom. Vad han kunde se hade hon lika snygg kropp och ben som Maj.

Att se det var inte svårt, eftersom det enda hon hade på sig var en kortärmad vit blus som inte var knäppt och nedanför fanns bara ett par minimala trosor. Det kändes precis på samma sätt som när han sett Maj halvnaken första gången. Precis som då stelnade en viss del av hans kropp och han skyndade sig att snabbt lägga ena benet över det andra för att dölja fenomenet för henne.

– Det blev så varmt att jag måste klä av mig, sa hon och sjönk ner i soffan bredvid honom. Varför kom du av dig, förresten?

Han förbannade rodnaden som så ovälkommen brände på både halsen och i ansiktet. Faktum var att det hettade lite överallt i kroppen.

– Om du visste vad söt du är när du rodnar, sa hon och fnissade. Rodnar du för att jag är klädd så här?

– Inte alls, sa han och hörde själv hur falskt det lät.

– Du ljuger dåligt, Gerhard, för jag såg nog hur du stirrade. Jag trodde du blivit härdad när Maj bodde hos dig, men det blev du tydligen inte.

Han ruskade på huvudet, för så långt hade han inte hunnit i sina tankebanor. Att han stirrat var väl inte så underligt när han ena minuten sett henne fullt påklädd i nästa halvnaken. Men hon hade alldeles rätt i att han inte blivit härdad. Att Maj svassat runt halvnaken hade han sett flera gånger men aldrig sett Greta lättklädd tidigare.

Om Maj däremot kommit in klädd på samma sätt, hade han inte rodnat, det var han helt säker på. I Gretas fall kändes det dessutom som om hon gav honom en försmak av det som väntade. Att de skulle ligga tätt tillsammans i sängen var knappast en vanesak för honom.

Maj hade visat mera än Greta, men redan från början gjort klart för honom att han fick se men inte röra. Det var en förbannad skillnad att veta att han inte bara skulle få se utan kanske även röra vid det Greta visade upp, så mycket borde hon begripa. Han började så smått hoppas att hon inte hade mera att berätta.

Det var inte medvetet han satt tyst och väntade utan ville faktiskt säga någonting. Men det hela kändes så virrigt i huvudet att allt låste sig och han fick inte fram ett ord. Det började gnaga på nerverna när inte heller hon sa någonting. Tystnaden varade inte mera än högst en minut, men han upplevde det ändå som en evighet innan hon sa:

– Bara så du vet, är jag alltid så här rakt på sak. Jag tycker om
dig och om du är med på det kanske vi hamnar i säng med
varann. Ja, det gör vi ju i natt förstås och vem vet vad som
kan hända då. Det är väl bättre att säga det rent ut, än att gå
som katten kring het gröt. Eller vad tycker du?

Han höll med henne. Och varför skulle han inte det, en tjej
måste väl har samma rätt som en kille att ta första steget,
tänkte han. Men det hade aldrig hänt honom tidigare. Kanske
just därför kändes det lite kymigt att hon var så rättfram.
Snabba framstötar hade aldrig varit hans melodi, snarare då
skynda långsamt. För Gretas del gällde tydligen bara en sak,
och det var pang på rödbetan.

– Förlåt om jag spårade ur och kom ifrån ämnet, fortsatte hon
och flyttade sig tätt intill honom. Det var ju inte dig och mig
vi skulle prata om, utan nåt helt annat. Men i ditt fall började
det med att Maj lämnade kuvertet med anställningskontraktet
innan hon for. Hon var tillsagd att inte lämna det förrän hon
var helt säker på dig. Du satte verkligen myror i huvudet på
henne innan Herman gav klartecken och jag såg till att du fick
anställningskontraktet och pengarna. Nyckeln till lägenheten
måste det varit Herman som lämnat.

Hennes sätt att hoppa från det ena ämnet till det andra gjorde
att en del började klarna. Det hon sagt förklarade det han
uppfattat som Majs städmani när hon vänt ut och in på hela

hans lägenhet. Egentligen borde han känna sig grundlurad, men det gjorde han inte. Därför sa han:

– Brevet tänkte jag inte ens på hur det kom dit. Jag blev förvånad över pengarna och nyckeln till lägenheten som kom senare. Det hände ju saker som var nästan overkliga.

– Misstänkte du inte ens att det var Maj som lämnat brevet på köksbänken?

Nej, han hade inte ens ägnat det en tanke.

– Från det ena till det andra, har du ingen tjej? hörde han henne säga.

– Nä, det var länge sen jag hade en tjej. Men det var faktiskt en som bodde hos mig några dagar. En riktigt knasig en som Hasse lovade kunde bo hos mig.

– Maj talade om det för mig. Hur mycket fick hon betala den där Hasse då? Maj mutade honom med öl.

Hennes fråga gjorde honom plötsligt förbannad. Inte på henne, utan på Hasse.

– Finns det nån telefon, sa han och reste sig.

– Det sitter på väggen i köket. Vem tänker du ringa så här sent?

– Jag ska ringa till Hasse. Den skitstöveln har blåst mig för sista gången.

Gerhard halvsprang ut till köket och såg mycket riktigt telefonen på väggen bredvid diskbänken. Snabbt slog han Hasses nummer och knackade otåligt med knogarna mot diskbänken. Efter fem signaler svarade Hasse med trött och grötig röst:

– Det är Hasse.

– Jag hör det. Jaså, du har inte slocknat än.

– Men för helvete, Gerhard ... var är du? Jag har varit hem till dig och ringt på.

– Varför har du gjort det då? Har du hittat en ny hyresgäst åt mig?

– Äh, lägg av. Vad menar du med det?

– Tja, du gick ju inte lottlös när tjejerna fick bo hos mig. Maj bjöd på öl, men hur mycket fick du av Tanja som hon sa att hon hette?

Hasse gav inte ifrån sig ett ljud, men Gerhard hörde hans tunga andhämtning.

– Det är ingen idé att du nekar, Hasse.

138

– Jag trodde aldrig du skulle få reda på det, sa han och lät skakis på rösten. För fan, Gerhard, det begriper du väl att det aldrig skulle falla mig in att blåsa dig. Jag satt trångt till och hon viftade med femhundra spänn om jag fixade så att hon fick bo hos dig några dar. Trodde hon var sugen på dig. Jag fick tvåhundra i förskott men resten blåste hon mig på.

– Hur fick hon tag på dig? Gerhard hörde själv att hans röst låtit hård och raspig.

– På samma sätt som den där sista. Hon dök på mig utanför där jag bor. Eftersom hon visste vad du hette så ...

– Funderade du aldrig över varför dom bad dig fixa så att dom fick bo hos mig?

– Varför skulle jag göra det. Jag trodde som sagt att den första tjejen var sugen på dig. Den andra frågade om jag visste någon som hyrde ut privat och jag föreslog att hon skulle fråga dig. Har det hänt nåt särskilt eftersom du låter så förbannad? Okej då det var dumt, men ...

– Bry inte din korkade hjärna med varför jag är förbannad på dig.

– Förlåt då för fan. Men du gick ju inte heller lottlös, så vad är det då att bråka om.

– Jag bråkar inte, men klippa biljetten med Tanja hade du nog fått om bakfoten. Hon verkade vara skitskraj hela tiden och hon betalade inte en spänn för dagarna hon bodde hos mig. Du har uppfört dig som en taskmört och det borde du grubbla på till jag eventuellt kommer hem en sväng.

– Så mycket borde du känna mig att jag inte gjorde det där med flit utan ville verkligen hjälpa till. Men vad menar du med att om du kommer hem? Var är du nånstans?

– Det du Hasse, ska du fullständigt skita i. Med det hängde Gerhard upp telefonen och suckade.

När han vände sig om såg han Greta stå lutad mot väggen i hallen.

– Vad var det för Tanja du pratade om? frågade hon och lade huvudet på sned. Hur många är det som har hyrt rum av dig, förresten?

– Det är bara två som bott hos mig. Före Maj var det Tanja som hon sa att hon hette och hon bodde hos mig några dagar. Det var Hasse som skickade över henne också. Han sa att han blev lovad femhundra spänn av henne men blev blåst. Men Hasse fick i alla fall tvåhundra i förskott, jag fick inte ett korvöre.

– När bodde hon hos dig?

– Veckan före innan Maj kom till mig.

– Verkar det inte lite konstigt att två tjejer bodde hos dig veckorna efter varandra och att dom kontaktade den där Hasse för att få bo hos dig?

Han hade inte ens tänkt på hur Hasse kunnat bli inblandad. Men menade hon verkligen att båda blivit skickade att kolla upp honom ... Vad Maj haft för ärende, hade ju Greta gjort klart för honom. Men vad hade Tanja egentligen varit ute efter? Med den intelligensnivån hon visat upp skulle hon inte ens känt igen en dammråtta.

– Någon måste ha fått reda på att du skulle börja hos oss din dumsnut, sa hon och släckte frågorna i hans huvud. Hon var naturligtvis ute efter att luska fram så mycket som möjligt om dig. Det var ju därför jag skickade Maj till dig, för att kolla upp vem du var och hur mycket du visste.

Han tyckte inte om att hon kallade honom dumsnut. Men hennes sätt att säga det hade inte låtit som en förolämpning, bara rart.

Plötsligt slog det honom att Tanja tagit hand om posten och lagt den på köksbordet. Han hade inte haft en tanke på det tidigare. Tydligen hade hon kollat all post han fått. Den enda som visste om jobbet han fått var Hasse och Pjuckan och poliserna förstås. Hasse och poliserna var knappast inblandad

141

i någonting, men kunde verkligen Pjuckan vara det eftersom hon varit så nervös ...

I samma ögonblick slog det honom. Hasse var kanske ett halvfyllo, men stupdum var han inte. Det kunde ju vara så att han snackat med henne efter att hon bott hos honom. Eller var det så att Hasse var insyltad i alla fall?

Gerhard nästan slet åt sig telefonluren och tryckte på återuppringning. Hasse svarade redan efter första signalen.

– Hasse, sa han kort men inte så grötigt som förra gången.

– Hör du, Hasse, har den där Tanja hört av sig efter att hon bodde hos mig?

– Hon hörde av sig och frågade om du sagt nånting. Vi hade ju inte ens snackat sen dess så jag visste ingenting,

– Tur det, klippte Gerhard av honom. Berättade du för henne om mitt nya jobb?

Det tog en liten stund, sen sa han:

– Det har jag inte sagt till nån av tjejerna. Men du, tjejen du verkar så förbannad på, du måste ha träffat henne vid kinesrestaurangen eller gick du inte dit?

– Det var alltså hon som ville ha iväg mig dit.

– Hon ville träffa dig och be om ursäkt, det sa hon i alla fall.

– Väldigt roligt, Hasse.

– Äsch, det bjussar jag på.

– För en som har dödligt sjuk humor ja.

– Och vad ska det betyda …?

– Fråga henne, om du träffar henne igen.

– Knappast troligt och Pjuckan som du kallade henne kommer du inte att träffa mer. Hörde att hon blivit påkörd av nån galning alldeles utanför Arbetsförmedlingen. Hon hade öppnat dörren på sin bil när hon blev påkörd bakifrån. Hon dog direkt.

Hasses ord kändes som ett slag i huvudet. Han mindes hur nervös hon varit vid deras möte, det var ingen tillfällighet att hon blivit påkörd. Men vem eller vilken hon tipsat om hans nya jobb hade inte varit tacksam precis.

– Tur att jag ringde dig, det förklarar en hel del för mig. Vi hörs, Hasse, sa han och hängde upp telefonluren.

– Vad menade du med dödligt sjuk humor? hörde han bakom ryggen och en varm andedräkt smekte honom bak på halsen.

– Att jag nog var närmare döden för ett tag sen än vad jag ens kunnat föreställa mig. Det är nog inte bara dig dom är ute efter, utan mig också.

– Jag har nog varit ganska klar över det ett bra tag, sa hon. Från och med nu, får nog du också vara lite försiktig. Det finns tydligen nån som till och med verkar vara steget före mig. Någon måste ha fått nys om att du skulle börja vid företaget, men hur kan jag inte komma på.

– Det måste varit min handläggare på Arbetsförmedlingen. De döda talar inte har jag för mig ha läst i nån bok, hon blev påkörd av en smitare igår.

Hon satte armbågarna mot knäna och började gnugga tinningarna med fingertopparna. Han kunde inte undvika att se likheten med Maj. Han var så inne i att grubbla över om det fanns fler likheter att han hoppade till när hon sa:

– Nu måste jag tänka igenom hur Maj och du ska göra.

En krypande känsla letade sig uppför ryggraden och fick nackhåren att resa sig. Greta var knappast anställd som sekreterare utan av helt annan orsak. Oavsett vad hon hade för uppgift hade tydligen Herman gett henne fria händer.

– Jag har grubblat på en sak, Gerhard, sa hon och avbröt det som snurrade runt i huvudet. Den där tjejen som bodde hos dig, lovade hon nånting som hon inte höll?

– Hon lovade ingenting, det var bara Hasse som gjorde det. Hon försökte ingenting och inte jag heller.

– Men jag håller alltid vad jag lovar, bara så du vet det. Kom nu och grubbla inte på sånt vi inte kan lösa i natt. Det finns trevligare saker att tänka på.

– Som vad då till exempel?

– Vi ska ju prova på att sova i samma säng, eller har du glömt det, sa hon och försvann ut genom dörren.

Trots att han visste vad som väntade, kunde han inte stöta bort de tankar som dök upp i huvudet. Inte ens i hans vildaste fantasier hade han kunnat koka ihop maken till soppa. Visst hade han varit klantig som inte begripit att allt inte stod rätt till, men hade han verkligen kunnat det?

Men det var en avsevärd skillnad mellan tjejerna. Maj hade gjort klart från första stund vad som gällde mellan dem. Dessutom hade de sovit i skilda sovrum, men umgåtts som kompisar i vaket tillstånd.

Till skillnad från Maj, hade Tanja varit skygg men efter att han inte visat henne något intresse hade hon hållit sig på sin kant. Han måste i alla fall beundra henne, eftersom hon kunnat spela så korkad och naiv. Hon hade inte visat upp sig som Maj, men tydligt visat första dagen att sidan sex inte fanns i hennes manual. Han hade inte ens testat henne, men antagligen hade hon varken varit dum i huvudet eller oerfaren.

Att någon skickat även henne för att kolla upp honom var solklart. Och om det var som Hasse sagt, måste hon fått order om att se till att han blev omhändertagen, eller kanske rent av mördad. Det betydde att han nu var lika insyltad som Greta. Det var inte bara henne de varit ute efter, det hade antagligen varit meningen att båda skull blivit mosade på parkeringen.

– Du Greta, ropade han och släckte taklampan i köket och gick ut i hallen.

– Vad är det, hörde han henne svara inne på toaletten.

– Om det finns folk som vet att jag ska börja på företaget, hur är det då med den här lägenheten? Dom kanske känner till den också, har du tänkt på det?

Dörren slogs upp och chockad såg han henne stå naken i dörröppningen. Hon var underbar att se på i naket tillstånd. Gerhard drog in luft så det visslade mellan tänderna.

– Knappast troligt, men säker kan man aldrig vara. Men grubbla inte på det nu, skynda dig och gör dig i ordning sa hon och log mot honom innan hon försvann in genom dörren till sovrummet.

Hans necessär stod framställd på tvättkorgen, alltså måste hon ha rotat igenom hans resväska. Lika hjälpsam som sin syster, tänkte han syrligt och plockade fram tandborsten och tandkrämen.

Eftersom Greta inte haft några kläder kastade han en blick på pyjamasbyxorna han lagt på locket till tvättkorgen. Han var definitivt inte lika modig som Greta.

Efter att ha slagit nytt hastighetsrekord i att borsta tänderna och sätta på sig pyjamasbyxorna hade Greta varit snabbare. Hon hade redan hunnit ta av sängöverkastet och krupit ner under täcket.

Han blev stående tvekande i dörröppningen och bländades av en sänglampa som vreds upp och riktades mot honom.

– Vilket fascinerande skuggspel, sa hon och fnissade. Är den alltid så där glad och uppåt eller beror det på mig?

Han kastade ett öga på väggen till vänster om sig, och beviset på vad hennes nakenhet ställt till med syntes tydligt. Det var faktiskt en imponerande syn, åtminstone på väggen. Greta fnittrade hela tiden när han gick fram och kröp ner i sängen. Lampan slocknade så fort han fått huvudet på kudden och det gick som en elektrisk stöt genom honom när han kände hennes varma kropp trycktes mot sin och han vred på huvudet.

– Äntligen, det här har jag väntat på att för göra, viskade hon och hennes varma läppar trycktes mot hans.

Hon är rena dynamiten, tänkte Gerhard och lade armen om henne, men i samma ögonblick hördes explosionen och hela sovrummet lystes upp av ett kraftigt ljussken. Tryckvågen från explosionen fick fönsterrutorna att skallra och sängen skakade till.

Kapitel 18

Chocken gjorde att allting blockerades för Gerhard. Greta däremot var snabbt ur sängen och fällde upp persiennen. I huset mitt emot tändes lampor och han kunde se folk som stod och tittade ut genom fönstren.

– Det brinner däruppe på parkeringen där din bil står, sa hon och skyndade fram till en garderob och plockade fram tröjan och kjolen hon haft på sig tidigare.

Han kunde bara inte fatta vad det var frågan om, men Greta försvann och kom tillbaka med hans kläder som han lagt inne på toaletten.

– Sätt på dig kläderna, sa hon och sprang ut i hallen.

Han gjorde som hon sa och skyndade efter. Hon stod färdigklädd och höll fram hans jacka när han kom ut i hallen. På något sätt lyckades han lirka i fötterna i skorna och de var snabbt ute i friska luften. Det hade slutat snöa men det plaskade under fötterna när han försökte hålla jämna steg med Greta.

Det hade redan samlats folk på gatan. Sirener tjöt i fjärran och blandades med rop och skrik. De stannade upp vid korsningen i slutändan nedanför parkeringen och stirrade mot den plats där hans bil stått. Den container han parkerat bilen bredvid, hängde på sned över det låga räcket som omgav parkeringen. Lite längre vid sidan om såg han sin Fiesta, eller snarare vad som återstod av den. Allt han kunde se var ett brinnande eldklot och det liknade knappast en bil. Greta grep tag i hans arm så att det gjorde ont.

En man kom över gatan fram mot dem. Redan på håll sa han:

– Det är inte klokt, hela bilen är söndersprängd. Om det satt nån i bilen så är det godnatt med den stackars saten.

Mannen passerade förbi för att komma närmare men de stod kvar och tittade på förödelsen.

– Det hade kunnat varit vi. Dom kände igen bilen och jag borde ha tänkt på att dom verkar ha pippi på att placera bomber under bilar, hörde han Greta säga och hon lät orolig på rösten.

– Tror du det var samma typer som försökte ramma oss?

– Vilka kan det annars vara som kände igen bilen?

Han höll med henne, det fanns ingen annan förklaring, någon olyckshändelse var det knappast.

Det sägs att en människa växer med uppgiften när en kris uppstår, och så upplevde Gerhard det så snart de kommit tillbaka till lägenheten. Det berodde inte på att det var så overkligt att hans bil sprängts i luften, utan hur det verkade ha skrämt upp Greta. Att återgå till vad de börjat med var inte ens att tänka på. Han ville helt enkelt inte utnyttja situationen, eftersom hon darrande som asplöv.

Han hade aldrig tidigare hamnat i en situation där han behövt trösta någon. Lite tafatt strök han henne över ryggen men visste inte vad han skulle säga. Egentligen var det ju han som borde vara chockad eftersom det var hans bil, men det var han inte eftersom det var så overkligt. Det tog en lång stund innan hon lugnat ner sig. När hon väl gjort det, lade de sig på rygg bredvid varandra i sängen och började prata om allt möjligt utom om vad som hänt med bilen.

Han hade alltid haft svårigheter med att hitta de rätta orden tillsammans med en tjej, men precis som det fungerat tillsammans med Maj, hittade han orden lätt och naturligt. Sen tog Greta över och han lyssnade. Till en början pratade hon minst sagt osammanhängande och forcerat men efter hand återfick hon sitt gamla jag.

Med Maj hade han upptäckt sig ha lyssnartalanger som han inte vetat om. Den gamla radion i polishusets garage hade varit inställd på P1 och omedvetet matats med användbara fakta. På samma sätt lyssnade han på det Greta hade att säga på samma sätt som på radion på jobbet. Han lyssnade men ansträngde sig inte för att komma ihåg det hon sa.

Någonstans i hennes berättelse om Hermans alla utländska kontakter, kom han att tänka på det underliga brevet som kommit samma dag som nyckeln till lägenheten. Det slog honom att kanske Maj och Greta också fått ett liknande brev.

– Jag fick ett knasigt brev utan avsändare, fick Maj och du ett också? sa han rakt ut i luften och fick henne att tystna.

– Vad då för brev? sa hon med förvånad röst.

– Ett helknasigt brev jag inte blev klok på. Det kom samma dag som Maj åkte och jag hittade brevet på diskbänken med anställningsbeviset och pengarna. Men det kan inte varit Maj som lämnat det, eftersom det låg nedanför brevinkastet när jag varit till affären på eftermiddagen.

– Varför har du inte sagt det förut? Då var det instruktionen Herman talade om. Han trodde du redan hade fått fram det du behövde för att vi skulle kunna läsa instruktionerna.

– Jag har inte tänkt på brevet helt enkelt. Om det ska vara till hjälp att få fram instruktionen fattar jag ingenting. Du kan läsa det själv, det ligger i sidofacket på resväskan. Varför jag tog det med mig vet jag inte men …

Han kom av sig när Greta klättrade över honom och lutade sig ner och drog fram resväskan hon tidigare måste ha skjutit in under sängen. Själv hade han inte gjort det eller ens funderat över vart den tagit vägen. Greta rullade ner på golvet och han letade på knappen till sänglampan. Hon hade redan det avlånga kuvertet i sin hand när lampan tändes och ivrigt slet hon brevet ur det.

Han studerade henne medan hon läste och såg rynkan som bildade ett V mellan hennes ögonbryn. När hon läst brevet fanns fortfarande rynkan kvar.

– Det som står i det här brevet blir man ju inte klok på, sa hon och satte sig bredvid honom på sängen. Men du har alldeles rätt, någon har släppt in brevet till dig för det har varken frimärke eller poststämpel.

Han tog ifrån henne kuvertet och såg att hon hade rätt. Han hade inte ens lagt märke till det.

– Fattar du vad som menas med att du måste ladda och köra instruktionerna? sa hon. Vad är det som skall laddas? Det står att du ska använda koden som står nämnd för att kunna läsa instruktionerna fullt ut. Det fattas en bit och var har du den nånstans? Förresten skulle du ha bränt upp brevet efter att du läst det, men det gjorde du inte. Det kanske inte spelar någon roll, eftersom ingen kan bli klok på vad som menas med det.

– Det var väl anledningen till att jag inte brände upp det, sa han frånvarande. Visste inte om brevet var ett skämt eller blodigt allvar.

– Herman nämnde någonting om att du hade kunskaper som skulle komma väl till pass. Att du hade gamla kunskaper som krävdes.

Hennes ord sjönk sakta in men studsade av någon anledning tillbaka igen. Gamla kunskaper i vad?

– Hur kan han veta någonting om mig och hur jag är? Jag har ett minne av att ha träffat honom för länge sen, men det säger mig ingenting.

– Vet den där Hasse någonting om det du kan? Han kan ju ha blivit tillfrågad, sa hon.

– Glöm Hasse, han har fullt upp med sig själv. Men jag pratade med en äldre man som satte sig vid mitt bord på biblioteket. Jag lånar böcker varje lördag, men går dit för att läsa tidningarna ibland också. Hursomhelst satte han sig mitt emot mig när jag satt vid ett bord och började prata.

– Och då lyckades han få dig att berätta ditt livs historia för honom.

– Nä, inte precis. Han var antagligen pratsjuk. Nyfiken var han också och frågade ut mig om lite av varje. Han frågade om jag skulle kunna tänka mig att flytta om jag fick ett jobb på annan ort. Jag sa som det var, att det var ont om jobb och att jag hade fel utbildning men troligtvis skulle nappa om jag fick chansen. Han gav mig ett armband som skulle ge mig tur, sen försvann han.

– När hände det här?

– Jag har för mig att det var på lördagen efter att den där Tanja flyttat ut, eller snarare bara drog iväg utan att ens säga tack.

– Hon på arbetsförmedlingen då, hade du träffat henne före?

– Hon sa bara att hon vetat om det en vecka men kollat upp att jag verkligen fått ett jobb.

– Det stämmer, jag pratade med henne och hon verkade virrig.

Gretas gnuggade kinderna med båda händerna men så föll hon bakåt och hennes skratt verkade studsa tillbaka från taket och sängen gungade till. Hon tog stöd mot hans bröst med händerna för att komma upp på knä.

– Vilken blåsning, Gerhard, sa hon och skrattade på nytt.

Han måste ha sett dum ut för hon skrattade ännu mera. När skrattet tystnat smekte hon honom försiktigt över kinden.

– Frågade han dig hur du skulle göra om du skulle få chansen till ett bra jobb på annan ort? Jag vågar slå vad om att han sa nånting om att man måste våga för att vinna och att du kanske ganska snart skulle dra en vinstlott.

Gerhard förmådde bara nicka. Det var riktigt otäckt att hon kunnat gissa så rätt.

– Tänk efter nu. Vad svarade du honom? sa hon och hon var plötsligt allvarlig.

– Att jag alltid hade otur i spel så någon vinstlott räknade jag inte med. Råkade säga om det gällde ett bra jobb så ... Ja, egentligen svarade jag någonting i stil med att det skulle kännas skrämmande men att jag ändå antagligen skulle ta jobbet.

– Och nu har du fått ett, är inte det underligt? Plötsligt har du ett välbetalt jobb och kan leva ett annat liv än du gjort tidigare. Pengar kan förändra en människa, vet du.

– Knappast troligt att det förändrar mig. Jag vet inte ens hur mycket jag har i månaden. Men du då, vad skulle du göra, om du hade en massa pengar och killar som hängde i klasar runt omkring dig?

– Jag skulle få ett helsike att välja, sa hon och skrattade. Nä, jag skojar bara, varken pengar eller killar är det viktigaste för mig. Det enda som verkligen betyder något är vad jag kan uträtta. Förresten kom vi ifrån ämnet igen, det var Herman vi pratade om.

– Vad har han med det att göra? Vi pratade om den där gamle mannen jag träffade på biblioteket.

– Men jag pratade om Herman, sa hon och sjönk ner bredvid honom. Gerhard, han har lurat både dig och mig vet du.

Någonstans i bakhuvudet kittlade det till på Gerhard när hon ofta lade till, vet du. Han hade reagerat på hur amerikanarna lade till you know stup i ett ... Men det var ju ingenting märkvärdigt med att både Maj och Greta gjorde det. Var någonstans i Amerika kom dom ifrån egentligen? Han kom av sig när hon sa:

– Herman har kokat ihop nånting och jag börjar ana vad det kan vara.

– Menar du att min farbror Herman medvetet lurat in oss i någonting? Det måste finnas en anledning.

– Det är jag övertygad om. Fattar du inte att den där gamle mannen som du pratade med var Herman, det är jag säker på. Det förklarar också var han höll till någonstans under den tiden han var borta. Såg du om han hade en klackring i guld på högra handens lillfinger?

Gerhard ruskade på huvudet. Enda han lagt märke till var att den gamle mannen haft en klocka det stått Rolex på. Däremot hade mannen han sprungit ihop med haft en guldring. Det hade han märkt när mannen klappat honom på axeln. Eftersom klockan stuckit honom i ögonen hade det varit lätt hänt att missa om den gamle mannen haft en guldring.

Han kunde inte låta bli att känna sig lurad men samtidigt irriterad över att alltid vara så förbannat godtrogen. Vilken vettig människa som helst skulle ha fattat misstankar, men inte han.

Om det bara hade varit en som lurat honom men det kanske varit fler utan att han ens tänkt på det. Först Tanja som blåst honom, sen farbrodern och sedan Maj. Vilken korkskalle han hade varit!

– Om det var min farbror Herman, hur ser han ut? kunde han inte låta bli att fråga.

Hon beskrev honom, men det blev han inte klokare av. Men han fick veta att farbrodern var expert på att resa inkognito. Med andra ord var han tydligen en mästare på att maskera sig till oigenkännlighet när han ville att ingen skulle känna igen honom.

– Jag är säker på att det var Herman du träffade. Eftersom han gav dig armbandet hade han kokat ihop någonting som skulle passa dig. Frågan är bara vad han tänkt för din del. Vad det än kommer att vara ska bli spännande att få veta faktiskt.

Han var inte lika säker, han hade upplevt mer spänning på en dag än i hela sitt liv. Men han sa ingenting och när inte heller Greta sa någonting, släckte han sänglampan.

Han kände sig nästan som en beskyddare när hon kröp intill honom och borrade in ansiktet mot hans hals. Han lade armen om henne och kramade henne försiktigt, hon svarade med att ge honom en lätt kyss på kinden.

Efter en stund kunde han höra Gretas lugna andhämtning som vittnade om att hon somnat på hans arm. Själv kunde han inte somna utan låg klarvaken och stirrade upp i taket med tankar som roterade runt i huvudet. Mest på de saker som Greta berättat om hans farbror. Om det var som hon sagt, varför hade han kollat upp honom? Och vad hade han fått ut av det? Egentligen. Hur han än vände och vred på det blev resultatet plus minus noll. Men en tanke slog honom plötsligt.

Under hela tiden de pratat hade mannens blick irrat runt lokalen. Det hade verkat som om han hela tiden hållit koll på vilka som kom och gick, att han inte ville att de skulle ses tillsammans?

Gerhard lirkade loss armen Greta låg på och tände sänglampan. Han läste brevet igen för att se om han kunde bli klokare av det. Tidigare hade han bara skummat igenom brevet, utan att bry sig så mycket om vad som stod i det. Efter att ha läst vad som stod i det flera gånger, fastnade han för avslutningen i brevet. Det finns alltid möjligheter, hur omöjligt det än kan tyckas vara. Men det är den som verkligen tar vara på CHANSEN! som lyckas. Kom ihåg det. Den uppmaningen var ämnad för den som läste brevet. Eftersom det var han som fått brevet, vad tusan menades med det?

Hans tankar skingrades eftersom Greta suckade i sömnen samtidigt som hon kröp närmare intill honom. För att inte väcka henne trevade han under sängen och kunde klämma in brevet under en spjäla.

När han lade sig tillrätta lade hon i sömnen en arm på hans bröst. Där stannade den inte utan gled från bröstet och nedåt. Om hon hållit handen kvar utanpå pyjamasbyxorna hade det inte känts så generande, men hennes hand letade sig ner i byxorna och tog ett rejält tag om det som snabbt styvnat. Han gjorde ett försök att få henne släppa greppet men hon kramade om den ännu hårdare.

Antagligen drömde hon, någon annan förklaring hade han inte till det leende som fanns i hennes ansikte i sömnen. Han försökte skjuta bort alla tankar på var hennes mjuka hand höll tag om och försökte tänka på det som stod i brevet. Plötsligt hörde han henne mumla:

– Gerhard, jag har hittat en skatt.

Han låg alldeles stilla en lång stund utan att röra sig. Han väntade att hon skulle säga något mera, men det gjorde hon inte. Trots att hennes hand fortfarande envist höll i honom lyckades han till slut somna.

Hon rörde sig tyst och plockade ihop sina kläder och tog dem med in i badrummet. Det var först efter att ha stängt dörren, som hon tände lampan. Hon var inte skakad över det som hänt med bilen, den hade ändå inte varit tänkt att användas mera utan fraktats bort. Men det som hänt efteråt hade skakat om henne. Hur det kunnat hända, kunde hon inte förklara för sig själv. Vad hon ändå insåg var att den mur hon så skickligt byggt upp omkring sig, började falla söner och samman.

161

– Förbaskade Herman, mumlade hon tyst, men kunde inte hålla tillbaka ett leende.

Hon började misstänka att Herman planerat allting in i minsta detalj. Men eftersom han var väl medveten om att hon kunde klara sig själv, varför hade han blandat in Gerhard? Se honom som din partner hade han sagt, var det anledningen till att han anställt honom? Men Gerhard var helt utan utbildning när det gällde att ställas öga mot öga med folk som inte drog sig för att döda. Nu var Gerhard en måltavla för människor som tydligen började bli desperata. Hon tyckte inte om det, men ville inte erkänna för sig själv varför. Snabbt klädde hon på sig och släckte lampan. Med en sista blick in i sovrummet gick hon tyst ut ur lägenheten och låste dörren.

Kapitel 19

I vanliga fall brukade Gerhard sova som en stock och för det mesta drömlöst. De gånger han drömt hade han inget minne av vad drömmen handlat om när han vaknat, Inte ens den spolande toalett som väckt honom hade kunnat spola bort de minnesbilder som tydligt bitit sig fast i huvudet..

Sängen bredvid honom var tom, han hade inte hört när Greta stigit upp. Vart hon tagit vägen ägnade han inte en tanke, i stället försökte han på nytt frammana drömmen. Anledningen till att han drömt berodde naturligtvis på det Greta inte släppt taget om. Trots det hade han till sist ändå somnat. Kunde det ha framtvingat en önskedröm?

Det hade inte funnits någon egentlig början på drömmen. Hux flux hade Greta och Maj suttit nakna på var sin sida om honom i rumssoffan. Greta hade viskat i hans ena öra: Jag vill älska med dig Gerhard, men inte nu när Maj är med. Maj hade viskat i hans andra öra: Du vet att du bara får se på mig, men inte röra.

Efter det var drömmen som om han upplevt den i vaket tillstånd, en sanndröm helt enkelt. Han hade känt deras dofter och hört deras fnissningar när de om vartannat kysst honom. Han hade känt deras händer som omväxlande mjukt och varsamt hjälpt honom att nå den yttersta gränsen av njutning. Hade det hänt i verkligheten hade han vaknat.

Hasse skulle alldeles säkert kalla hans upplevelse för en drömpipa om han berättade det för honom. En sån som Hasse, kunde inte förstå att det som hänt, berodde på något helt annat. Att han var upp över öronen förälskad i både Greta och Maj.

Insikten om att han var förälskad i båda två förvånade honom inte. Däremot förvånade det honom att två systrar kunde vara så olika. Greta var inte samma bländande skönhet, men på något sätt kompenserades det av den inre skönheten som fanns hos henne.

Osökt kom han att tänka på det hans farbror skrivit i brevet; det finns möjligheter för den som har lite sjutusanjäklar i sig. Det hade han varken visat tillsammans med Maj eller Greta. Att han inte gjort det tillsammans med Maj beroende på att hon redan från början gjort klart för honom vad som gällde. Trots att de kommit bra överens, hade han vetat om, att hon inte ville att det skulle vara någonting emellan dem.

När han slöt ögonen, kunde han se de båda framför sig. Den enorma utstrålningen hos Maj som verkligen förde tanken till att vara en klass för sig, någonting ouppnåeligt. Visst skulle han vilja vara tillsammans med henne, men ändå kände han tveksamhet. Vid sidan om Maj såg Greta ut som en obetydlig grå mus, ändå framstod hon mer och mer som en skatt han ville äga. Han skulle aldrig vilja uppleva den dag, när han tvingades välja mellan dem. Den tanken fick honom att borra ner huvudet i kudden och dra täcket över sig.

Han måste ha somnat om för en ettrig ringsignal väckte honom. Ögonlocken kändes blytunga när han kämpade för att få upp dem. Ringsignalen hördes på nytt, sedan någon som dovt ropade:

– Gerhard, vakna!

Med en kraftansträngning lyckades han ta sig ur sängen och stapplade på stela ben ut i hallen. Han reflekterade inte över vem som ringt på. Eftersom det bara kunde vara Greta, vred han om låset och öppnade dörren. Han brydde sig inte om att se efter om det verkligen var Greta, utan vände ryggen åt dörren.

– Är du tappad bakom en vagn? Du kan inte bara öppna dörren när någon ringer på. Kom ihåg att hädanefter öppnar du inte utan att kontrollera vem som ringer på dörren. Det är det tittögat är till för. Förresten, du brukar väl inte sova så här länge, hörde han någon säga bakom sin rygg.

Det var inte vad som sagts som fick honom att reagera utan rösten. Det var inte den röst han väntat sig men ändå välbekant. Det var inte Greta som sagt det, utan Maj.

Först stod han som fastvuxen vid golvet och blinkade för att få bort det som kändes som grus i ögonen. Han vände sig om och efter att ha gnuggat sig i ögonen och fått tillräcklig synskärpa, såg han henne tydligt stå i dörröppningen. Leendet i hennes ansikte talade sitt tydliga språk, han såg antagligen bedrövlig ut.

– Skynda dig att duscha och gör dig i ordning så fixar jag lite frukost åt oss under tiden, sa hon och drog igen dörren bakom sig.

Han stirrade på henne när hon tog av sig kappan och hängde upp den under hatthyllan. Det var inte samma kappa hon haft på sig när hon bodde hos honom. Vad han snabbt kunde se var att hon inte hade samma utmanande kläder. Hon verkade mer elegant, ändå reagerade han.

Gerhard kände hur hjärtat började bulta hårt mot revbenen. Det som anses vara maskulint gav sig tillkänna och fick hans pyjamasbyxor att puta ut. Väl medveten om att Maj inte kunde undvika att se missödet, snurrade han runt på klacken och rusade in på toaletten.

I det tillstånd han befann sig var han tvungen att ta stöd mot tvättstället eftersom benen skakade. Ansiktet i spegeln var ingen vacker syn. Blek och skäggig och med tydliga påsar under ögonen såg han ut som en lodis. När benen slutat skaka satte han sig på toalettstolen och drog av sig pyjamasbyxorna. På framsidan av byxorna kunde han se en stor blekgrå fläck som tydligt skar sig mot den mörkblå färgen. Han behövde inte ens gissa sig till hur fläcken kommit dit. Det hade varit en drömpipa han upplevt.

Maj hade ställt fram djuptallrikar och ett paket flingor på bordet när han nyduschad och klädd kom in i köket. Hon satt och läste i en tidning och tittade inte ens upp när han kom.

– Dom har identifierat den som strök med vid smällen. Det var en välkänd biltjuv som försökte stjäla din bil. Ägaren till bilen är än så länge okänd står det. Polisen tror att det kan ha varit en läcka på bensintanken och att gaser antändes av en gnista när bilen tjuvkopplades, sa hon.

– Då skulle jag ha känt bensinlukt.

– Du har nog rätt, för Orvar var och tittade på den i morse. Han tror inte heller att det var något fel på bensintanken.

– Och vad trodde han då? För första gången slog honom tanken på vad som hänt om han startat bilen.

– Orvar såg på skadorna att laddningen varit placerad vid
tanken. När bilen tjuvkopplades small det, sa han.

Han stirrade på henne och hon tittade upp.

– Orvar är duktigt på såna här saker, sa hon som om hon ville
övertyga honom om att det verkligen förhöll sig så.

– Vågar man fråga vad mer han är duktig på? sa han lamt.

– Allt som har med teknik att göra, men även bilbomber. Han
ser på skadorna var laddningar varit placerade. Dom verkar
inte ge sig i första taget. Kommer du ihåg skotthålet i ditt
portfönster? Är du säker på att du inte var i närheten då det
hände? Och du minns väl dom där två som det var meningen
skulle ta hand om dig vid Kinesrestaurangen. Dom hade inte
räknat med att du kunde ta hand om dom istället.

Minnesbilder fladdrade förbi och plötsligt slog det honom.

– Avgassmällen jag hörde var alltså inte från en bil som
misstände, utan någon som sköt på mig. Hade det inte varit
för rullbrädan jag trampade på och ramlade platt på rygg, hade
jag kanske haft ett kulhål i mig. När jag var på väg från
biblioteket kom en motorcykel bakifrån och träffade en cykel
med en kedja istället för mig. Kanske var det samma killar
som var ute efter mig bakom kinesrestaurangen. Dom hade
en skarp strålkastare som slocknade och jag hörde hur dom

sprang emot mig. Jag försökte varna för landgången som stack ut men dom sprang rakt in i den och flög in i en container med huvudet före. Jag rörde dom inte.

– Hursomhelst, förstår du nu att vi måste vara försiktiga?

Han förvånade till och med sig själv, genom att inte känna någon rädsla, bara vrede. Både över att de skjutit på honom och försökt märka honom som Maj sagt och dessutom sett till att hans gamla Fiesta blivit förvandlad till skrot. Oavsett vem eller vilka de var, hade de lyckats med något som inte var lätt, att få honom förbannad. Den hastigt uppflammande ilskan fick honom att bita ihop käkarna så det stramade i ansiktet. En dumskalle hade han varit men haft en jäkla tur som klarat sig. Maj måste ha misstolkat hans ansiktsuttryck.

– Än är det inte för sent för dig att dra dig ur, sa hon.

– Dra mig ur ... Aldrig i livet! sa han med kvävd röst. Jag ska se till att dom åker dit rejält. Jag blir inte ofta förbannad, men Gerhard Svensson jävlas dom inte med, det ska dom ha klart för sig.

Han sjönk ner på stolen. Inombords darrade både nervtrådar och muskler av upphetsning. Handen däremot var stadig när han ruskade ur ett rejält lass flingor på tallriken och hällde över mjölk.

Maj satt tyst medan de åt, men han märkte att hon såg på honom titt som tätt. Det var först när han ätit upp det han hade på tallriken och hon slagit i kaffe åt honom som hon sa:

– Det var som fan … Ursäkta uttrycket, men jag blev så förvånad. Vet du, Gerhard, jag har tydligen missbedömt dig. Jag trodde faktiskt att det här skulle skrämma skiten ur dig.

– Jag har tydligen missbedömt dig också.

– Menar du för att jag kan prata så sakligt om det här?

– Nä, för det språk du använder.

Förvåningen som så tydligt syntes i hennes ansikte fick honom att le. Han såg hur det ryckte i hennes mungipor. Hon sköt kaffemuggen åt sidan och lade huvudet på bordsskivan. Skrattet som bubblade fram fick hela hennes kropp att skaka. Precis som på den gamla goda tiden tänkte han och stämde in i skrattet. Det kändes så länge sen de skrattat tillsammans, ändå var det bara ett par veckor sen de senast gjort det.

Gerhard hann plocka av innan Maj lyfte huvudet från bordet. Hon gav ifrån sig ljud som lät som snyftningar och strök sedan med baksidan av handen över ögonen. Det syntes tydligt hur hon kämpade för att hålla sig allvarlig.

– Nää, vet du vad, nu måste vi prata allvar, sa hon med skrattet lurande i bakgrunden.

– Det var du som var ful i mun, inte jag.

– Sluta är du snäll. Vi måste gå igenom en hel del innan vi går till revisionsfirman. Greta har gjort upp en plan över hur vi ska göra i dag.

– Varför behöver vi en plan?

– Därför att det inte är några duvungar vi har att göra med. Alltså måste vi vara försiktiga. Den där tjejen som bodde hos dig före mig är definitivt inblandad, och hon bör ju känna igen dig. Kanske fanns det folk som väntade på att du skulle komma. Mannen som följde efter Greta var ju inte ensam. Det är nog ingen vild gissning att dom väntade på tillfälle att döda både dig och Greta på parkeringen.

– Den tanken har slagit mig också. Jag får se till att hålla ögonen öppna ifall hon finns i närheten.

– Skulle du känna igen henne då?

– Var lugn för det. Jag skulle känna igen henne på flera hundra meters håll, sa han, fullt övertygad om att han också skulle göra det.

– Överskatta inte din förmåga att känna igen tjejer, sa hon och blinkade med ena ögat. Det är lätt för en tjej att ändra utseende. Till det behövs bara en peruk, smink och lite andra kläder. Ja, och lite ändrat röstläge förstås

– Peruk hade hon inte, det vet jag. Hon var till och med kortare klippt än Greta faktiskt. Inte använde hon smink heller för den delen. Kan tala om för dig att jag har ett fotografiskt minne när det gäller detaljer.

– Tror du att hon skulle känna igen dig om vi gör om ditt yttre lite?

– Det beror på, jag måste se resultatet först.

– Okej, då går vi in till mig i lägenheten bredvid och provar lite utrustning jag har skaffat, sa hon och reste sig från bordet.

Han fattade inte vad hon menade med att gå in till henne, men följde snällt efter när hon trippade iväg och ut genom dörren. Hon gick inte långt, bara till dörren bredvid, till den det stod Vakant på.

– Varför står det vakant på dörren? sa han och förvåningen gick inte att dölja.

– Därför att den är det. Men det är inte jag som satt dit bokstäverna. Men vi kommer att vara grannar fram till sista

172

juli. Jag hyr den bara på korttidskontrakt, så det var ingen idé att sätta namnet på dörren, sa hon och låste upp dörren.

Den lilla hallen de kom in i var mörk, smal och vinklad. Hallen ledde in till ett rum, som inte var mycket större än det sovrum han tillbringat natten i. Vid bortre ändan av ena långväggen fanns en dörröppning vilken han antog ledde till ett pentry.

Det lilla rummet var spartansk möblerat. Hela möblemanget bestod av en brun bäddsoffa, ett soffbord och två pinnstolar. De kala väggarna gjorde inte det första intrycket bättre.

– Är det av praktiska eller ekonomiska skäl, sa han och hoppades att hon skulle minnas de ord hon sagt en gång varför hon ville hyra av honom.

– Å ja, var lagom spydig, sa hon och log. Vilket bevisade att hon gjorde det.

– Och varför har du hyrt den här lägenheten?

– Jag kom hit för att hjälpa Greta. Vi vet ingenting om vilka som är inblandade, därför kan vi blanda bort korten för dom som är ute efter dig och Greta. En försvinner och en ny dyker upp för att sen försvinna igen. Jag sa ju när vi skildes åt att vi kanske skulle träffas igen och nu får vi jobba ihop. Sa inte Greta någonting om det?

Visst hade Greta sagt det, men att även Maj var ett proffs hade inte sjunkit in. Det var inte den Maj han lärt känna.

– Nu vet du i alla fall. Jag har varit på kontoret hela tiden för att ta hand om det som behövt göras. Jag har bott vägg i vägg med dig men hållit mig undan. Nog om det, nu ska vi sätta igång och förändra dig lite.

Han var med på det och hon plockade fram ett långt svart fodral ur en av garderoberna. Ett fodral som visade sig innehålla en pärlgrå kostym samt vitskjorta och slips. Enbart den klädseln skulle få honom oigenkännlig, tänkte han och log.

En dryg timme senare var Maj klar med hans förvandling. En förvandling som fick honom att minst sagt förvånad stirra på sin egen spegelbild. Det halvlånga håret han vant sig vid hade efter Majs klippning förvandlats till en strikt kortklippt frisyr med snedbena. Som pricken över i satte hon på honom ett par färgade glasögon. Antagligen bara fönsterglas eftersom dom inte påverkade hans syn.

– När du får på dig kostymen och vitskjortan kommer ingen att känna igen dig, sa hon och log belåtet bakom honom i spegeln .

– Det kommer nog inte jag själv att göra, sa han och log tillbaka.

Han hade rätt. När han stod färdigklädd, kände han inte igen sig själv. Han vände sig mot Maj som ställde sig framför honom och hjälpte till att knyta slipsen som han inte hade en aning om hur den skulle knytas.

– Perfekt, sa hon. Du ser ut som en riktig snobb.

– Men så bra då. Nu fattas bara en snobbig telefon att leka med också.

– Den får du bara om du äter duktigt, sa hon och klappade honom på kinden.

– Jag förstod att det fanns en hake nånstans, sa han och låtsades besviken.

– Klockan är tjugo över ett och vi ska vara hos revisorn klockan tre men det ska vi ändra på. Jag är hungrig som en varg. Är inte du det?

Han hade inte haft en tanke på det. Men när hon sa det sög det faktiskt lite i magen. Tydligen väntade hon sig inget svar, för hon tågade iväg med bestämda steg mot hallen. Det var bara för honom att följa efter.

Kapitel 20

Att Maj kunde laga mat visste han redan. Ändå överträffade hon hans förväntningar genom att ha stekt potatisplättar. Han hade inget minne av att de någon gång pratat om vad som var hans favoriträtt, men plockade tallriken full, öste över rikligt med lingonsylt och började äta.

Proppmätt lutade han sig tillbaka i stolen. Han råkade komma åt gardinen och vred på kroppen för att rätta till den. Potatisplättarna var nära att kommit upp samma väg de gått ner eftersom han kunde se Tanja stå nedanför honom läsande på en lapp hon hade i handen. Snabbt gömde han sig bakom gardinen ifall hon skulle titta upp.

– Vad är det? hörde han Maj säga.

– Tanja verkar vara på väg hit, viskade han. Då vet de om adressen i alla fall. I samma ögonblick slog det honom att Maj inte kunde veta vem han menade. Det är tjejen som bodde hos mig före dig och antagligen spionerade på mig, lade han till.

– Jaså hon ... Men så bra då. Nu får vi en riktig test på om hon känner igen dig eller inte.

Hennes sätt att säga det lugnade knappast ner hans nerver. Men hon hade alldeles rätt i att det skulle bli en perfekt test på hur bra hans förvandling var.

Sekunderna släpade sig fram innan det ringde på dörren. Han reste sig från bordet för att gå och öppna, men Maj vinkade avvärjande med handen.

– Stå kvar du och låt mig ruska om henne lite först, sa hon tyst och log.

Gerhard lutade sig mot diskbänken och hörde hur Maj öppnade dörren. Hennes röst klirrade som isbitar när hon sa:

– Vem söker ni?

Det blev alldeles tyst en kort stund, sedan hörde han Tanja säga:

– Bor Gerhard Svensson här?

– Visst gör han det. Vad vill du honom?

Maj imponerade ännu mer på honom än tidigare. Hennes röstläge hade varit precis det en svartsjuk kvinna skulle ha haft. Han hörde Tanja mumla något, och sedan Maj som ropade med hög röst:

– Gerhard, kom hit omedelbart. Det är en kvinna som söker dig.

Gerhard förstod hur en skådespelare måste känna sig strax innan ridån gick upp. Det dallrade i magmusklerna och han drog ett djupt andetag.

Maj stod vänd mot honom när han kom ut i hallen. Bakom henne stod Tanja. Hon var snyggare än han mindes henne men kunde inte på långa vägar tävla med Maj.

– Kan jag hjälpa till med nånting, sa han i kort ton. Vi har lite bråttom, spädde han på.

Minspelet i hennes ansikte visade tydligt att hon inte kände igen honom. Hennes sätt att se på honom visade att Maj verkligen lyckats med förvandlingen. Han njöt av att se hennes förvåning. De uppspärrade ögonen och munnen som gapade.

– Jag skulle vilja träffa Gerhard Svensson, sa hon med osäker röst.

– Det är jag som är Gerhard Svensson. Känner vi varann?

Antagligen blev det kortslutning i huvudet på henne. Det hade inte förvånat honom om ögonen börjat rulla i huvudet på henne.

– Jag frågade om vi känner varann? Har inget minne av att träffat dig, sa han, för att ytterligare förvirra henne.

Hämnden är ljuv flög det genom hans huvud för så kändes det faktiskt. Hennes förvåning och blicken som irrade fram och tillbaka mellan Maj och honom. Hennes kinder var blossande röda och läpparna darrade.

– Förlåt, men någon har tydligen lurat mig, mumlade hon och försökte sig på ett leende som misslyckades totalt.

– Sånt händer.

Gerhard såg hur det ryckte i hennes ansikte, sen skyndade hon nedför trappan och ut genom porten.

Maj drog igen dörren och ställde sig framför honom.

– Du var ju riktigt duktig, sa hon och kysste honom på kinden. Jag har varit orolig för att du inte skulle klara av det som måste göras, men inte nu längre. Det är dags att gå till revisorn ifall du har glömt bort det.

Kapitel 21

En kylig vind svepte mot dem när de kom ut i friska luften. Den långa ljusbruna överrocken som Maj gett honom, satt inte i vägen. Inte heller de eleganta svarta Ecco skorna han hade på fötterna. Någon måste ha betalat kalaset, och dessutom luskat fram rätt storlek på både kläder och skor. Denna någon hade dessutom betalat och han gissade att Maj eller Greta betalat från företagets konto.

Maj hade bytt om till svarta långbyxor med matchande skor med stilettklackar och sandfärgad kappa under tiden han diskat. Hennes kappa var lika lång som hans överrock och med ett skärp knutet i midjan. Det slog honom att de kläder hon bar, gjorde att hon verkade så strikt och kylig.

– Vad går du och småler åt, hörde han Maj säga.

– Att du ser fisförnäm ut, sa han utan att titta på henne.

– Dito, sa hon och fnissade och det slog honom att så långt hade han inte tänkt.

De passerade den plats där han först parkerat sin bil vid torget och vek till höger in på en gågata. Han stötte till Maj i sidan med handen.

– Det ser nytt ut, sa han.

– Det är det inte, bara en uppsnyggning, sa hon utan att sakta farten eller vrida på huvudet.

Han hade på tungan att fråga henne om gågator inte var till för gående. Vad han kunde se var det fler bilar, mopeder och cyklar än gående. Till och med en lastbil åkte slalom mellan hindren. De kom fram till en korsning och när de passerade den såg han att beläggningen var densamma åt alla håll.

Eftersom det inte fanns många gående kunde han inte begripa varför det gjorts gågator överhuvudtaget. Han kom av sig i sitt tänkande eftersom Maj sa att revisorns kontor låg bara ett stenkast från korsningen. Den maffiga klockan han fått av Maj, visade på två minuter i halv tre när de gick in genom porten.

Utan att ringa på dörrklockan öppnade Maj dörren. Hon verkade lika hemtam hos revisorn som hon gjort hemma i lägenheten. Han följde efter henne när hon svepte igenom någonting som liknade ett väntrum och hon stannade upp vid en dörr med texten B Johansson.

– Hur känns det? sa hon utan att vända sig mot honom.

– Jag har inte hunnit känna efter än, sa han sanningsenligt. Men skulle vi inte vara här klockan tre?

– Jag förklarar sen, låt mig ta hand om allting. Säg så lite som möjligt därinne. Om du måste göra det, använd samma fräna ton som du använde mot den där Tanja.

Han hann aldrig grubbla över varför, eftersom Maj istället för att knacka öppnade dörren och formligen stormade in i rummet. Det var inte stort och Gerhard kunde se en äldre minst sagt korpulent flintskallig man sitta framåtlutad över ett skrivbord.

Hans i alla hast högröda ansikte och de plufsiga kinderna som dallrade, visade att han inte var van att någon utan vidare kom in på hans kontor. Han reste sig så hastigt att kontorsstolen for emot väggen med en smäll. Det såg ut som om han kippade efter luft innan han nästan vrålade:

– Vad i helvete menas med ...

Längre kom han inte innan Maj avbröt honom.

– Vad som menas med det här kommer jag att tala om för dig. Mitt namn är Maj Gustavsson, vi skulle träffas klockan tre, sa hon i kort ton.

Gerhards pappa hade alltid förmanat honom om att lära sig känna igen rövslickare. Med undantag för Hasse Aronsson, hade han aldrig fått chansen att lära sig hur en sådan gick tillväga. Nu kunde han med egna ögon se den totala förvandlingen från en förbannad revisor, till en oljigt leende sådan.

– Välkomna kära ni, sätt er, sa han och hans röst lät lika oljig som han såg ut. Förlåt om jag brusade upp, men jag satt mitt uppe i några viktiga handlingar förstår ni, fortsatte han.

Om han trodde det skulle imponera misslyckades han totalt. Han såg ut att ha blivit ertappad med handen i kakburken.

Utan att blivit tillsagd satte sig Maj i en av de två stolarna som stod framför skrivbordet, Gerhard satte sig i den andra.

– Nå, varför har ni kallat hit mig, sa Maj kort och lade det ena benet över det andra.

Den oljige revisorn drog ut en skrivbordslåda och plockade upp en mapp.

– Jag har en del brådskande handlingar som skall skrivas på och Herman är ju bortrest. Det har krånglat till det hela men jag kontaktade banken och fick beskedet att som ersättare för Greta Larsson som även hon tydligen skulle resa bort skulle vara en Maj Gustavsson. Som jag fattade det skulle även en

183

Gerhard Svensson komma in i bilden. De skulle gemensamt ha ansvar för företaget tills vidare och fatta alla beslut.

– Är det då inte lite konstigt, att inte Gerhard Svensson har kallats till det här lilla mötet? Jag talade med honom för en stunds sen på telefon och han vet ingenting om det. Men vi kan inte teckna var för sig, utan båda måste skriva under samtidigt enligt teckningsrätten. Sa inte banken någonting om det?

Han kände Maj nypa honom i låret i samma ögonblick som hon sa det. Det hade varit betydligt lättare att verka oberörd om han vetat något, men han lyckades ändå hålla masken. Tydligen fanns det någon orsak till varför hon sagt det, och han förlitade sig helt till att Maj gjorde vad som måste göras. Men eftersom Greta och Maj var systrar, varför hade de inte samma efternamn ... Han sköt undan frågan till ett senare tillfälle och tittade på den plufsiga revisorn.

Det Maj sagt verkade fått revisorn att fullständigt tappa kontrollen över sitt plufsiga ansikte. Från högrött hade det övergått i en sjukligt askgrå färg.

– Det ... det är obegripligt, nästan stönade han och blicken irrade fram och tillbaka.

– Vad är det som är obegripligt? sa Maj.

Han samlade ihop sig och blev rövslickaren igen.

– Jag skickade ut breven till båda samtidigt. Men hur ...

– Hoppa över hur och varför, klippte hon av honom. Det är märkligt att du kunnat skicka brev till Gerhard Svensson. Hur vet du hans adress? Greta har inte talat om den för dig, så mycket vet jag. Men nu är jag här, så vi kan börja gå igenom det vi är här för. Vad var det för viktiga handlingar som måste skrivas på?

– Skrivas på behövs inte men innan Herman reste bort, bad han mig att hämta en del handlingar i firmans bankfack. Jag behöver en fullmakt och nyckeln för att kunna hämta dom handlingarna. Jag antar att fröken Larsson har lämnat över nyckeln till bankfacket.

Gerhard tyckte att Majs minspel var fantastiskt. Läpparna kröktes i ett hånfullt leende innan hon sa:

– Det var någonting nytt. Skulle jag ha med mig en nyckel till bankfacket? Vad jag kan minnas skulle det här vara ett möte, det stod ingenting om någon nyckel. Jag har fått mina instruktioner och bankfacket är någonting som inte finns med i den. Beträffande Greta Larsson så är hon bortrest och kommer inte tillbaka förrän om en månad.

– Har hon rest bort! Rövslickarens röst gick upp i falsett och han började bli röd i ansiktet på nytt. Men sa hon inte att ni behövde nyckeln till bankfacket? Ifall ni måste ha några viktiga handlingar, fortsatte han nästan bedjande.

– Hon sa ingenting om vad vi behövde, bara att det var underligt att du skrivit till oss. Enligt brevet du skickade är det på Hermans order, men enligt Greta stämmer inte det. När hon fick reda på vad som stod i brevet jag fått, talade hon om att det aldrig skulle falla Herman in att göra en sådan sak. Med andra ord har ni kört med en bluff och nu vill jag veta varför.

Gerhard såg hur den minst sagt korpulenta kroppen blåstes upp och blev ännu större när han drog ett djupt andetag. Mannens köttiga läppar darrade, men inte ett ljud kom över dem. Den stora kroppen sjönk ihop på stolen som om den blivit punkterad. Den röda färgen i ansiktet och den stötiga andningen signalerade en nära förestående hjärtinfarkt.

Maj såg ut som en gudinna när hon reste sig och stirrade ner på honom.

– Vad fick er att tro att jag skulle skriva på en fullmakt åt er, sa hon och samma isbitar hon haft i rösten mot Tanja. Isbitar som såg ut att ha träffat mannen i bröstet, för där lade han en köttig hand.

– Det är inte alls som ni tror, lyckades han rossla fram.

186

– Naturligtvis inte, ni trodde det var amatörer ni skulle kunna
hantera, eller hur?

Hon gjorde en konstpaus och Gerhard såg hur svettpärlor
börjat bildats uppe på rövslickarens flint. Sakta letade de sig i
små rännilar ner över pannan och kinderna och blev sedan
hängande under dubbelhakan. Maj lutade sig fram och tog
stöd med händerna mot skrivbordet.

Gerhard kunde se hur hon lade fram ett litet svart etui som
hon fällde upp. Han lutade sig fram och såg att det liknade en
polisbricka. Om hon var polis hur hade han kunnat bli
inblandad? Den stackars rövslickaren reagerade inte ens när
hon slet åt sig papperen som låg på skrivbordet..

Maj kastade en snabb blick på dem innan hon sa:

– Greta hade tydligen rätt. Ni hade säkert inte väntat er att
möta snabbinkallade specialagenter istället för amatörer. Jag
misstänker att ni genom era kontakter blivit inblandad i vad
som ses som ett hot mot amerikanska intressen och då tar vi i
med hårdhandskarna.

– Jag förstår inte, lyckades mannen pressa fram.

– Förstår det. Den enda ni trodde stod i vägen för det ni tänkt
genomföra var Greta Larsson som fungerat som företagets
ansikte utåt Men så kom Gerhard Svensson in i bilden vilket

ställde till det för er. Ni hade inte räknat med att det skulle anställas en säkerhetschef. Har uppfattat det som att ni aldrig blev klok på vem Gerhard Svensson var och det var det som var meningen med hans anställning.

– Men ni tror väl inte att jag försöker ... Rövslickaren röst skar sig och ögonlocken fladdrade.

– På något sätt fick ni reda på att en Gerhard Svensson skulle anställas, eller hur? Eftersom han varit utsatt för några mordförsök, ställer det inte er i någon vidare dager precis. Det finns inga handlingar i bankfacket och har aldrig funnits. Alla handlingar finns hos Hermans juridiska ombud. Innan jag glömmer det kommer den revisionsfirma som Herman anlitat och ser till att inga eventuella handlingar blir kvar på det här stället. Dom bör vara här när som helst.

Svetten droppade från dubbelhakorna ner på skjortbröstet, men han märkte det inte ens. Den högröda färgen i ansiktet som ersatt den askgrå tyckte Gerhard blivit ännu rödare.

Maj väntade några sekunder med att ge den avgörande nådastöten. Långsamt rullade hon ihop de papper som legat i mappen, plockade upp det lilla etuiet och stoppade det i kappfickan.

– Det finns en hel del som kommer att utredas om både det ena och det andra inom de närmaste dagarna. Om jag var ni skulle jag först av allt skaffa en förbaskat bra advokat eller försvinna från jordens yta. Men med dom kontakter ni har är det väl under jordytan ni kommer att hamna om ni vet för mycket, sa Maj och började gå mot dörren. I dörröppningen vände hon sig om.

– Kom Mike, här har vi ingenting mer att hämta.

Förvånad blev Gerhard sittande en stund. Varför hade hon kallat honom Mike? När hon försvann ut genom dörren, reste han sig långsamt ur stolen och gick efter henne.

– Jag blev tvingad till det, hörde han rövslickaren stöna fram. Hör ni det, tvingad!

Faktum är att Gerhard tyckte synd om honom. Han hann ikapp Maj i slutet av korridoren.

– Nu kommer det att börja hända saker, sa hon utan att vända på huvudet.

– Jag är rädd för det. Men varför kallade du mig Mike?

– För att blanda bort korten lite. När dom som var tänkt att komma som en överraskning för oss på mötet får veta vad som hänt måste vi vara beredda. Dum är han inte tjockisen så vi kan räkna med att han redan ringt och berättat.

Naturligtvis hade han kunnat fråga henne vad som skulle hända, men teg. Följde han Maj, skulle han i alla fall få veta. För stunden kändes det lugnast, att inte veta någonting alls.

Kapitel 22

Gerhard trodde de skulle gå tillbaka till lägenheten, men Maj drog iväg honom åt ett helt annat håll. Tillsynes oberörd över det som nyss hänt, berättade hon att det var Hyttgatan de gick utefter. Som tidigare varit huvudgatan genom staden innan gågatorna stängt av centrum för trafik. Hennes farfar hade berättat att det funnits gamla brukskåkar utefter gatan de gick på. Nu kunde han själv se att de hade rivits och ersatts av stora hyreshus. Hennes farfar hade också berättat hur det sett ut i hans barndom, men av det fanns bara ett fåtal gamla brukskåkar kvar. Han hade tänkt besöka det gamla landet och sin födelsestad, men när han fått ett brev om hur staden förändrats svor han att aldrig mer återvända.

Hon tyckte det var sorgligt att nästan ingenting av det hennes farfar berättat om fanns kvar. De gamla hus han berättat om hade rivits men det mesta av förändringen kunde skyllas på att nya stora affärer byggts upp i utkanten. Det hade haft som följd att det blivit glest med folk i centrum och många av de gamla affärerna fått slå igen. Han hade själv sett de tomma butiksfönstren och förstod hur hennes farfar känt sig.

Maj fortsatte att gå i maklig takt och han tittade ängsligt bakåt. Efter vad Maj sagt kunde de var förföljda. Han hörde henne säga någonting om kanalen när de passerat över en bro och en stund senare pekade hon och sa att rakt fram ligger den gamla järnvägsstationen. Som om hon var en guide berättade hon att det bara var gamla stationsbyggnaden som stod kvar, några tågbiljetter såldes inte där. Tanken slog honom att biljetter knappast såldes i någon stationsbyggnad längre.. Han började misstänka att hon pratade för att han skulle glömma bort att någonting kunde hända.

Han slog bort tankarna och följde lydigt Maj när hon svängde vänster vid korsning med trafikljus. Brandstationen de passerade behövde inte Maj peka på, han hade själv sett den när de passerade förbi i maklig takt.

Maj började tala om ett resecentrum som var skymd av en låg gul byggnad. Hon berättade att det byggts för tåg- och bussresenärernas skull. När inte det lilla gula huset skymde tyckte han det såg billigt ut och imponerad inte på honom. Efter det lilla han hunnit se av staden var det för honom obegripligt hur ett resecentrum kunnat hamna så långt från centrum. Det borde ju ligga mitt i vid torget, som enligt Maj var tomt och öde för det mesta framför kommunalhuset. Bilparkeringen däremot var nästan alltid full med bilar hade Maj sagt. Hur det var möjligt när det var så lite folk i farten på gatorna var minst sagt underligt.

Varför det flyktigt flög igenom hans huvud när Maj fortsatte gå längs gatan som följde järnvägen var en gåta, han hade ju ingenting med det att göra. Som i förbigående sa Maj att de gick efter den väg Greta och han åkt kvällen före, så han förstod att Greta talat om vad som hänt. Gerhard tittade förstrött på den lilla dammen till vänster som låg svart och ogästvänlig med flytande gummibollar och plastpåsar och några änder.

– Vattenpölen där nere heter Brittas damm, sa Maj. Låtsas att du inte ser honom, men vid häcken på cykelvägen på andra sidan kan du se den som ute och letar efter oss.

– Hur kan du veta det? sa han och sneglade mot den som stod och pratade i en mobiltelefon.

– En amatör, sa hon med skratt i rösten. Dags att ta reda på vad dom tänker hitta på.

Hon valde att gå vänster vid gatukorsningen och i dagsljus kunde han se låga gulmålade gamla brukskåkar med röda knutar på båda sidor om vägen. Maj verkade inte ens anstränga sig, ändå gick hon så fort att han hade svårt att hänga med. En liten väg till vänster utan gatuskylt gick de förbi men svängde vänster runt en häck in på en gata. Som hastigast kastade han en blick gatuskylten och på den stod

Malmgatan och en större skylt som det stod Bruksmuseum på. Vägen de gick på var en smal väg kantad av häckar.

Gerhard kastade en ängslig blick bakåt för att se om de var förföljda av cyklisten men såg ingen utefter gatan. Han snubblade till när Maj tog tag i hans hand och drog in honom vid ett stort rött uthus.

– Nu gäller det att vara snabb, sa hon och de avverkade den korta sträckan till ändan på uthuset på bara några sekunder.

Gerhard stannade upp och andades flämtande när de stod gömda av uthuset. Maj verkade helt oberörd och hade gått fram till hörnet. Efter en stund sa hon:

– Det har gått upp för killen att han tappat bort oss. Han sprang tillbaka samma väg han kom och pratade i mobilen. Vet du, Gerhard, jag älskar dom här gamla brukskåkarna. Och då inte minst dom gamla matkällarna som ligger lite längre fram. Vi får gömma oss där så får vi se vad som händer.

Han följde lydigt efter henne men tittade bakåt med jämna mellanrum. Hon stannade till och han stötte emot henne. Han såg att de kommit fram till början av en lång rad med källare och Maj plockade upp en nyckel ur kappfickan och låste upp hänglåset på en av de låga svarta dörrarna och öppnade den. Gerhard upptäckte någonting i hennes ansikte som gjorde honom nervös, hon såg sammanbiten ut. Mer hann han inte tänka eftersom hon drog in honom genom dörren och stängde den.

Det var kallt, mörkt och det lukade lite underligt, men det tycktes inte bekymra henne. Ovanför dörren fanns ett lufthål som släppte in lite ljus, men Maj drog för en tjock plåtbit som täckte hålet.

Gerhard hörde en svag knäppning och en ljusstråle lyste upp det lilla utrymmet. Han såg någonting som såg ut att vara ett grovt rör, med en böj nederst hänga från taket. Maj lutade sig fram och tittade i böjen.

– Kors då, han är tydligen inte dum som han ser ut, för han står på vägen nu och funderar över vart vi tagit vägen, viskade hon. Och det kommer visst förstärkning också. Vet du nånting om en gammal röd Volvo?

Det visste han. Måste vara den som dykt upp i närheten av honom alldeles för många gånger för att det skulle vara en tillfällighet.

– Har den mörkt tonade rutor? viskade han och fick ett viskande ja till svar, men följdes av en lika tyst svordom.

– Jag tänkte inte på det viskade hon. Dom kommer att titta efter vilka källare som saknar hänglås. Vet inte hur många gör det. Dom har antagligen fler ute och spanar efter oss så källarna blir dom första som kommer att kollas. Killen som följde efter oss pekar på källarna och nu kliver två stycken ur bilen. Vi är andra källare i raden så dom kommer säkert att kolla från början. Jag måste vara beredd så tryck upp dig mot väggen, det kan ju hända ...

Hon röst överröstades ett ettrigt ljud från en kort salva från ett automatvapen som åtföljdes av ännu en. Nästa salva tyckte han lät som trumvirvlar mot dörren där de befann sig.

– Pansarplåt och slaggsten är toppen, hörde han Maj säga med skratt i rösten. Vem som än fixat det här mysiga stället har gjort det bra. Tror inte det var tänkt att bli beskjutet med ett automatvapen men det håller för det också.

– Lurade du medvetet hit dom? sa han tyst och rösten darrade.

– Risken fanns att dom skulle hitta oss, men nu får vi ta det därifrån. När vi hör att magasinet är tomt för den som skjuter gäller det att vara snabb. Kolla i det här och säg till när han sänker vapnet. Resten av det hon sa hörde han inte eftersom ytterligare en trumvirvel smattrade mot dörren.

Han tittade lydigt i den rörböj hon använt som fungerade som ett periskop. Han såg att mannen fortfarande hade vapnet uppe och ytterligare en salva trummade mot dörren. När

Gerhard såg mannen sänka vapnet lyckades han få fram ett: –
Nu!

Maj sparkade upp dörren avlossade två snabba skott vilket
fick det att slå lock för öronen på honom. Antagligen därför,
hörde han bara dovt skriket från en människa. Maj försvann
ur hans synfält och han stapplade ut ur källaren.

Gerhard hann uppfatta hur den röda skamfilade Volvon
backade ut på vägen och försvann. När hans blick släppt bilen
såg han Maj framför två män som båda höll sig om vänster
axel och det röda som sipprade fram mellan deras fingrar, var
misstänkt likt blod. Hon måste röra sig snabbare än blixten
flög det genom hans huvud.

Maj stod med armarna framsträckta mot männen som tog
några steg tillbaka. För Gerhard såg det ut som en vanesak
när hon med foten petade hon undan det automatgevär som
låg framför den ena och sparkade undan den pistol som låg
framför den andra. Hon gjorde ett tecken att de skulle lägga
sig på marken och sa någonting på engelska som han inte
kunde uppfatta. Men de verkade ha fattat vad hon sagt för de
spred ut armarna från kroppen.

– Låt grejerna ligga kvar, sa Maj med lugn röst när han var på
väg att ta hand om deras vapen. Samtidigt hörde han ett skrik
och tittade upp. Det enda han lade märkte till var Majs leende,

det fick honom att rysa. Maj gjorde honom orolig genom att ge honom pistolen.

– Skjut vid sidan om dom försöker nånting sa hon och gick sedan lugnt fram och satte dit hänglåset på källaren.

Gerhard kände hur hans nerver var på helspänn när hon gick fram till männen och muddrade deras fickor. När hon reste sig upp såg han att hon hade en mobiltelefon i vardera handen. En av männen vred huvudet så att deras blickar möttes och Gerhard viftade med pistolen och huvudet vreds tillbaka.

Maj verkade fullkomligt obekymrad om de två på marken när hon tog tillbaka pistolen. Hon gick fram och sade någonting till mannen som vridit på huvudet och började sedan gå den smala vägen längs källarna tills de var skymda från vägen av ett hus.

Gerhard fattade inte varför hon gav honom pistolen men höll blicken på männen som låg på gräsmattan. Maj tog upp en mobiltelefon ur fickan, satte en liten dosa mot den och slog sedan ett nummer .

Med en röst som han uppfattade som orolig, sa hon att några blivit skjutna, kanske till och med svårt skadade och låg på marken. Hon angav adressen där de befann sig, lyssnade en kort stund och knäppte av telefonen.

– Vet du att samtalet kan spåras, kunde han inte låta bli att säga.

– Den här har gjort sitt och den kommer jag att slänga. Men den andra får Orvar ta hand om och kolla upp. Den Orvar ska får titta på tog jag från den som var ledaren av dom två.

– Var inte telefonen låst?

– Naturligtvis. Det var därför jag använde Orvars lilla dosa som snabbt öppnar telefoner oavsett märke.

– Men nu då. Vi måste sticka härifrån.

– Inte förrän vi hör polisbilen, sa hon och tog samtidigt tillbaka pistolen han glömt bort att han hade i handen..

Han stirrade mot de två männen som låg i gräset framför den långa källarlängan. Den som Maj sagt var ledaren lyfte på överkroppen och vred på huvudet. Det märktes att han fick ögonkontakt med Maj, för han ryckte till som av ett slag och lade sig platt på magen igen.

Ljudet av polisbilens siren kändes som en lättnad, men Maj väntade med att börja gå till dess de kunde se den blå och vita bilen sneddat över gräsmattan fram till de båda männen och två poliser rusa fram till männen..

– Ajöss med den, hörde han Maj säga och såg henne slänga upp telefonen på källarlängans tak.

Gerhard kunde inte låta bli att kasta en blick över axeln. Han såg hur en av poliserna plockade upp vapnen. Några sekunder senare var de skymda av byggnaden.

Känslan av att vara förföljd fanns där hela vägen tillbaka till lägenheten och han lyssnade efter ljudet av den skraltiga Volvon. Det var först när de kommit in på gågatan han kunde koppla bort Volvon, då kom det som hänt över honom istället. Av någon underlig anledning kändes det som hänt, som om det inte hänt på riktigt.

Kapitel 23

Maj gjorde sig ingen brådska och sade ingenting. På sätt och vis tyckte han det var skönt, eftersom det hördes svaga ringningar i öronen efter skotten Maj avlossat. Han följde dit Maj gick och var knappt medveten om att de kommit tillbaka till lägenheten förrän han satt sig vid köksbordet.

Även om det overkliga dominerade reste han sig och fyllde kaffebryggaren medan Maj gick in till sin lägenhet. I väntan på Maj och att kaffet skulle bli klart började tankarna komma. Inte på det som nyss hänt, utan det första mötet med den som Greta så tvärsäkert sagt var hans farbror Herman. Vad var han blivit indragen i?

Det som hänt alldeles nyss var dödligt allvar där både Greta och Maj visste precis hur de skulle göra. Kunde det vara så att även Greta var någon sorts polis ...?

Gerhard försökte minnas detaljer, men det var lönlöst. I efterhand var han tvungen att medge hur skickligt denna Herman lirkat ur honom allt om det händelselösa liv han levt. Utöver att han varit otroligt naiv hade han helt enkelt varit dum som inte fattat misstankar när en äldre okänd man helt utan vidare börjat prata med honom. Men det var lätt att vara efterklok.

Så långt i tänkandet slog det honom att han aldrig nämnt bamsingen han stött ihop med två gånger. Han hade dykt upp i rätt ögonblick utanför kinesrestaurangen och sagt åt honom att sticka iväg och tagit hand om de båda typerna. Fanns det en medhjälpare i bakgrunden ifall det skulle hända någonting? Tydligen hade de en sorts livvakt som bara dök upp när det behövdes ...

Plötsligt slog det Gerhard vad bamsingen sagt utanför polisstationen: Se sextiofyra, kom ihåg det. Det måste varit han som lagt kassettbandet i fickan, men frågan var bara varför. Eftersom han inte var en fågelskådare som gillade att lyssna på lugnande fågelkvitter, kunde det vara ett hemligt kodmeddelande ...?

Det smällde i dörren och Maj kom in köket, med ett litet svart läderetui i handen. Hon satte sig vid bordet, lade etuiet på köksbänken bakom sig och slog på radion.

Gerhard hade sett den gula lappen på dörren till kylskåpet tidigare, men inte läst vad som stod på den. Det stod att det fanns bullar i frysen så han plockade ut en påse.

– Hur många vill du ha? sa han och viftade med påsen.

– Tina upp två var åt oss, det kan vi behöva, sa hon och han lade in fyra bullar i mikron.

De drack kaffet under tystnad och lyssnade på radion. De lokala nyheterna lästes upp av en upphetsad kille som inte visste hur fort han skulle prata. Han sa någonting om att våldet krupit närmare inpå livet och pratade i flera minuter om den skottlossning som ägt rum vid Bruksmuseet i Sandviken.

Ännu mer upphetsad var den reporter på plats, som efter en stund rapporterade om det skottdrama som overkligt nog utspelats i Sandviken. Men vad hade egentligen hänt? Allt hade varit över på några minuter och de boende hade trott det varit en filminspelning.

Ingen hade sett något kamerateam men vad skulle de tro när en bil svängt in på gräsmattan och två män hoppat ur. En tredje hade stått på vägen ropat någonting och pekat på källarna. De två männen hade gått närmare och den ene av dem började skjuta med ett automatgevär mot källardörrarna. När skotten tystnat hade dörren till en av källarna öppnats och en kvinna snabbt kommit ut genom den. Hon hade hållit en pistol med båda händerna och skjutit två snabba skott. Det hade upplevts som realistiskt när männen såg ut att ha blivit träffade och tappat sina vapen på marken. Bakom kvinnan hade sedan en man dykt upp.

Kvinnan hade varit vacker med långt blont hår och som en valkyria hade hon stått där med pistol i händerna. Mannen som varit prydligt klädd hade gett ett manligt intryck. När kvinnan lämnat över sin pistol till mannen hade han verkat road av att se på när kvinnan först låst källardörren, sedan gått fram och plockat någonting ur männens fickor. Trots det som hänt hade de sedan lugnt gått därifrån och männen legat kvar på marken. Kort efter hade polisen kommit och inte långt efter en ambulans. De boende hade verkligen fått uppleva spänning.

En stund senare kom ännu en direktrapport om att det inte varit en filminspelning. Enligt polisen var det två personer av okänd nationalitet som blivit skadade vid skjutningen. Vart männen förts kunde inte polisen svara på.

Från en person som råkat komma och sett det hela på nära håll hade sagt att personerna inte bara blivit skottskadade utan dessutom haft skador på sina vänsterhänder. Gerhard vände sig mot Maj som tuggade på en bulle.

– Hur kunde dom ha skadade vänsterhänder?

– Jag blev förbannad när jag såg tatueringen som båda hade. Det här var proffs som tar betalt för att döda folk. Båda vara vänsterhänta så vad var lämpligare än att råka trampa på dom. Eftersom jag råkade ha stilettklackar på skorna så ...

204

Gerhard kunde inte låta bli att fråga:

– Var det därför dom låg kvar till dess polisen kom?

– Nej, det var för att den som var ledare förstod engelska.

Han stirrade oförstående på henne:

– Jag sa bara att om dom ville leva, skulle dom snällt ligga kvar. En bluff naturligtvis, men det gick tydligen hem.

Gerhard trodde inte att hon bluffat. Det var därför de stannat inom synhåll. Det fick honom att rysa.

Maj hade fortfarande pistolen i ett hölster som var fastspänt under vänstra armen, med en svart läderrem över högra axeln och runt kroppen alldeles under brösten. Det stämde på pricken in på det han läst i kioskdeckare, nu befann han sig själv i någonting som var skrämmande verkligt.

– Du gjorde mig nyfiken på vad det var du visade revisorn. Det var ingen plojbricka du visade upp, eller hur?

– Den är äkta, jag jobbar som specialagent inom FBI i Chicago, sa hon. Jag har tjänstledigt för att hjälpa Herman. Han sa att det var ett viktigt uppdrag på många sätt och jag ställde upp. Han har kontakter så det var inga problem att få ledigt.

– Du använde den för att skrämma upp honom men den är
väl värdelös i ett annat land?

– Alldeles rätt Gerhard. Men så skärrad som revisorn var
tänkte han inte på det. Jag sa att vi var specialagenter och han
tittade nog inte ens på brickan. Men du funderade över varför
vi gick dit tidigare och det var för att undvika dom som skulle
komma och övertala oss att skriva under alla handlingar. Skriv
under eller … Det var säkert meningen att det skulle ske lite
övertalning för det är så det går till.

Det förvånade honom inte, däremot att hans farbror anställt
honom som säkerhetschef. Han kände sig som ett enda stort
skämt. Om det inte varit för att han blivit alltför inblandad,
hade han packat sina få grejer och rest hem. Tänk om det
varit så enkelt.

Maj måste ha märkt att han behövde prata av sig. Det vill säga
till en början var det Maj som lugnt och sakligt sa att hon varit
med om värre saker, men sen var det bara han som pratade.
Han hade en känsla av att om han slutade prata, skulle det ge
henne tid att börja tala om vad de kunde vänta sig härnäst,
och det ville han minst av allt veta.

Det han sagt måste ha varit osammanhängande för Maj
eftersom han själv upplevde det så. Men hon nickade bara
som om hon förstod precis hur han kände det. Tydligen hade

hon tagit till sig det han sagt eftersom hon tog pistolen ur hölstret och sträckte sig efter etuiet bakom ryggen. Ur det plockade hon fram en trasa som hon bredde ut på bordet och lade pistolen på den.

Gerhard kunde inte undvika att bli nyfiken och med blicken fastnaglad vid hennes fingrar som snabbt plockade isär pistolen och spreds en förlamande känsla genom kroppen. Han hade inte ens kunna drömma om att ens vara i närheten av en tjej som hon. Men nu satt han där mitt emot ett proffs. Ingen skulle tro honom om han berättade det.

När pistolen var rengjord tog hon en pipa ur ett fack i etuiet och satte i den. Han såg den gamla pipan ligga kvar på trasan och undrade varför. Något han inte behövde grubbla över eftersom hennes sätt att ta isär och plocka ihop en pistol, var en väl inövad rutin.

Lika rutinmässigt verkade det vara när hon till slut stoppade tillbaka sakerna i etuiet och pistolen i hölstret under armen. Ur etuiet tog hon sedan en tub utan etikett och klämde ut en klick i ena handen. Omständligt smorde hon sedan lugnt in sina händer med vad han antog var en handkräm av någon sort, men togs ur den villfarelsen när hon sa:

– Den här salvan tar bort krutstänket på händerna. Inte för att jag tror mig behöva det, men det är en säkerhetsåtgärd trots att jag hade handskar. Mina handskar släppte jag efter vägen så dom har säkert en ny ägare och kan inte spåras till mig. Men jag måste dumpa den gamla pipan i kanalen, den nya kan dom få provskjuta hur mycket som helst. Folk såg oss och vi kan bli igenkända. Underskatta aldrig hur ivriga folk är att skvallra.

– Du har alltså inga polisbefogenheter här, men det du och Herman håller på med har med polisarbete att göra, eller hur? överraskade han sig själv med att fråga.

– På sätt och vis alldeles rätt uträknat, Gerhard, sa hon och log. Men det Herman sysslar med är att ta hand om problem som polisen inte kan klara av. När det gäller min pistol så har jag vapenlicens som gäller även här.

– Du får det att låta som att Herman har någon sorts privat polisstyrka som kopplats in för att ta hand om det polisen inte klarar av.

– Det är ett säkerhetsföretag som har olika uppdrag. Det kan gälla livvakter eller bevaka viktiga transporter. Vad det här gäller vet jag inte och det gjorde mig nyfiken på vad det handlade om och kom hit.

– Och det är jag nu en del av?

– Ser så ut, eller hur? Hur var det vittnena sagt, att du såg bra ut och verkade manlig.

– Du själv då, en valkyria.

– Vi gjorde tydligen intryck i alla fall men det betyder att jag kan bli igenkänd så vi får vara försiktiga. Men nu måste jag in till mig och ordna lite. Klarar du dig själv?

Det gjorde han och hörde dörren stängas efter henne.

Kapitel 24

Att vara ensam hade aldrig varit något problem för honom, men efter att Maj gått in till sig kunde han inte sitta stilla. Oron i kroppen fick honom att titta närmare på lägenheten. Han hittade en rymlig garderob och hämtade sina kläder för att hänga upp dem. Till vänster i garderobens fanns hyllor och på den översta hyllan fanns en kartong som visade sig innehålla någonting han knappast väntat sig, en bullig Vic 64 med tillhörande bandspelare. Det var minst femton år sedan han använt en senast, men den enda dator han känt verklig glädje av att använda. Att programmera i Basic och gjort egna program men även knappat i de som funnits i gamla tidningar.

Han fortsatte leta igenom garderoben och efter att ha plockat igenom det mesta som fanns i den, hittade han på den nedre hyllan en liten kartong som innehöll kassettband. De flesta originalprogram, men också några som inte visade vad de innehöll. Ivrigt satte han igång att koppla upp datorn mot teven i rummet.

Trots en modern teve som själv kunde leta på programmen tog det en stund innan den för honom välkända blå skärmen visades i teverutan. Han valde ett kassettband på måfå och

210

stoppade in det i bandspelaren. Det tog precis så lång tid han mindes att ladda in ett program. Han kom på sig själv med att otåligt stirra på räkneverket på bandspelaren till dess den stannade och programmet var laddat.

Vad han kunde se var det ett bokföringsprogram som laddats in och menyerna gjorde honom inte klokare. Han startade om datorn och tryckte ner knappen för att spola tillbaka bandet. Under tiden bandet spolades tillbaka kom han tänka på kvittret på bandet någon stoppat i hans ficka. Han nästan flög upp från soffan han suttit i.

Han borde begripit det! Kassettbandet som låg i innerfickan på hans jacka, måste det ha varit bamsingen som lagt dit. Det kvittrande ljudet hade varit data på bandet. Det var ju så de skulle få sina instruktioner. Handen skakade när han stoppade i bandet och tryckte kommandot för att ladda in filerna från bandet.

Minnen om hur långsamt programmen laddats in kom över honom när sekunder blev till minuter som släpade sig fram. Räkneverket på bandspelaren hade tickat förbi hundra innan bandet stannade. Ivrigt tryckte han igång programmet.

Det talas alltid om antiklimax och det var det verkligen för hans del. Välkommen, skriv ditt lösenord, var det enda som stod på teverutan. Frågetecknet efter texten satte ett eget i hans huvud. Gerhard kom att tänka på brevet han inte blivit klok på, men i det fanns ingenting att hämta. Han försökte med att skriva kommandot LIST som han använt många gånger för att se innehållet i ett program rad för rad, men fick bara upp texten: Bra försök, men det var fel. Försök igen.

Han försökte med firmanamnet, sitt eget, men också med Greta och Maj, med samma resultat. Han spolade tillbaka bandet och tog ur det men lät programmet vara laddat. Utan att tänka på det, stoppade han bandet i plastetuiet och med det i handen gick han för att ringa på hos Maj.

Hon öppnade inte trots att han höll fingret på knappen till ringklockan intryckt. Tanken slog honom att hon antagligen var ute för att dumpa pistolpipan, det var ju vad hon sagt måste göras. Han hämtade hushållspapper som han lindade in kassetten i och släppte ner det genom Majs brevinkast. Det måste finnas ett lösenord de missat, kanske det fanns på kontoret. Det var i alla fall en vink om att han kommit på vilket sätt de skulle få fram instruktionerna.

Han beslöt sig att testa om han glömt bort sina kunskaper i programmering och kom underfund med att han gjort det. Han hittade inget sätt att komma förbi lösenordsrutinen. Den som skrivit programmet, hade neutraliserat det som skulle ha hjälpt honom. Enkelt men effektivt.

När klockan visade några minuter över elva utan att Maj kommit tillbaka, kopplade han bort datorn från teven och lade tillbaka allt i garderoben.

Det hade börjat suga i magen vilket fick honom att gå ut i köket för att ta en smörgås. Lukten från diskbänken fick honom att öppnade skåpdörren. Det var soppåsen som gav ifrån sig den sura lukten och han knöt ihop den och satte på sig skorna för att gå ut med soporna.

Han hade precis stängt dörren när han märkte att någonting rörde sig bakom honom. Innan han hunnit vända sig om blixtrade det till i huvudet, sedan blev allt svart.

Gerhard kom till medvetande med sprängande huvudvärk. Dessutom värkte det i armarna som han av någon anledning hade bakom ryggen och någonting var instoppat i munnen. Det uppstod en stunds panik innan han började andas genom näsan. Armarna kunde han inte röra och stönade av smärta när han försökte vrida på kroppen.

– Du har visst börjat vakna, hörde han en kvinnlig röst säga. Men det var varken Greta eller Maj som sagt det.

En man nästan fräste fram någonting på ett språk han inte förstod, men gissade på ryska eller någonting liknande. Trots

213

huvudvärken eller kanske på grund av den, rusade tankarna hur Maj eller Greta skulle göra om de hamnade i en liknande situation. Visserligen hade han läst massvis med kioskdeckare där de hårdkokta huvudpersonerna tagit sig ur svåra knipor, men han var ingen hårdför deckare. Han väntade spänt på vad som skulle kunna hända, men så hörde han kvinnan säga:

– Vem är du? Det var du och den där kvinnan som var i lägenheten Gerhard Svensson skulle bo. Ni är inte svenska poliser eller kriminalare så vad är ni egentligen? Ni pratar svenska men är ni svenskar eller amerikanare?

Gerhard kunde bara få fram var ett gurglande ljud på grund av tygtrasan han hade i munnen. Det var en lättnad när den plockades bort men tungan vägrade fungera. Kvinnan sa någonting på samma rotvälska mannen pratat med och en kort stund efter trycktes ett glas mot hans torra läppar. Det gjorde ont i både munnen och svalget, men han drack girigt upp alltihop.

– Nå, kan du svara på min fråga nu då?

Vattnet måste ha fått hans hjärna att klarna helt och hållet, för han kände plötsligt igen rösten som Tanjas.

– Vi är både och. Det är därför vi valts ut att utföra vårt uppdrag här i Sverige. Vi båda har dubbla medborgarskap, lyckades Gerhard få ur sig.

– Och du är polis, precis som din kollega?

– Vi är inga vanliga poliser utan specialagenter, sa han och rösten började bära lite bättre.

– Vad har amerikanska specialagenter i Sverige att göra? Var finns Gerhard Svensson nånstans och vad heter du? Du har inga som helst papper på dig, det verkar underligt.

Gerhard dröjde lite med svaret och låtsades klara strupen, sen sa han:

– För det första heter jag Mike Brolin, sa han. Vi har inga handlingar på oss när vi är ute på specialuppdrag. Vår grupp är här tack vare det intresse som visats för ett visst företag. Det ägs av en amerikan, av den anledningen är nu vi här och Gerhard Svensson och Greta Larsson i Chicago vid det här laget.

– Varför har de åkt till Chicago? snäste hon.

– Om det är ni som ligger bakom var det ett stort misstag att försöka döda dom båda och vi tyckte det var säkrast att dom åkte bort och vi tog hand om allting här. Det hade ni säkert inte väntat er, eller hur? Inte heller att ni skulle hamna rejält i skiten. För det har ni gjort, försvinner jag kommer ni att få minst ett dussin specialagenter på halsen. Vad det betyder förstår du säkert.

Han hade inte väntat sig höra en kvinna svär som en borstbindare, som varit hans farfars favorituttryck. När hon lugnat ner sig började hon ilsket prata rotvälska igen med mannen som stod bredvid henne. Denna någon böjde sig ner över honom och tryckte tillbaka det som både verkade som och antagligen var en disktrasa i munnen på honom.

Gerhard hann inte uppfatta något annat än en våldsam smärta när någonting träffade honom i huvud och han sjönk in i mörker.

Kapitel 25

Enda fördelen med att vara medvetslös var att slippa känna smärta tänkte Gerhard när han vaknade upp och huvudet kändes som det skulle kunna spricka. Det tog en stund innan han märkte att disktrasan i munnen var borta men även att händerna inte längre satt som klistrade på ryggen. Han kunde till och med se även om det var skumt där han befann sig.

Han såg ryggtavlan på en man som höll på med någonting på golvet inte långt ifrån honom. Trots det svaga ljuset kändes mannens kroppshydda bekant och förstod varför när mannen sa:

– Jaså, du har äntligen kvicknat till. Hur känns det?

Den djupa basrösten som en gång nästan skrämt livet ur honom, lät som änglamusik.

– Jag lever i alla fall, lyckades han grötigt få fram.

– Ta det lugnt under tiden jag ser till att den här killen blir paketerad för avhämtning, sen sticker vi. Hur är det, kan du ta dig härifrån för egen maskin?

Gerhard rörde försiktigt på armar och ben. Han försökte resa sig och tog stöd med handen mot golvet och kände fingrarna röra vid någonting av läder. Det kändes som en plånbok. Utan att tänka plockade han upp den och stoppade den i fickan. Trots försiktiga rörelser drabbades han av yrsel och illamående när han äntligen kommit på benen vilket fick honom att sjunka ihop igen. Han var bara svagt medveten om att bli slängd över bamsingens axel som en mjölsäck.

Efter att ha blivit placerad i på baksätet i en bil började yrseln och illamåendet lugna ner sig, men huvudvärken kändes som sju resor värre. Gerhard kastade en blick ut genom fönstret. Det som susade förbi var totalt obekant och han hade inte den blekaste aning om var de befann sig. Naturligtvis hade han kunnat fråga, istället sa han:

– Jag fattar inte hur du kunde hitta mig.

– Det kan vi ta en annan gång, frågan är vad du har sagt, sa han. Gick dom hårt åt dig för att få upplysningar?

Gerhard sa som det var att utöver smällarna i skallen, hade inget försök gjorts att pressa honom på upplysningar. Att de inte gjort det, kunde ha berott på den bluff han kört, att han utgett sig för att ha dubbelt medborgarskap på uppdrag som specialagent. Att han bara försökt göra som Maj skulle ha gjort. Enda skillnaden var att Maj inte behövde bluffa om dubbelt medborgarskap eller vara specialagent.

Mannen sa ingenting på en stund men så tyckte Gerhard sig höra honom grymta:

– Maj, vem fan är det?

Naturligtvis visste han det, men ville han inte låtsas om henne så … Det uppstod ett litet frågetecken i huvudet, men Gerhard sopade bort det och fortsatte berätta för honom vad som hänt. Om Tanja som varit hos honom och snokat och som verkade vara rejält inblandad, men också om att han kört med bluffen att både Gerhard och Greta nu befann sig i Chicago.

Anledningen till att Tanja inte känt igen honom var Majs förtjänst, han hade själv sett förändringen av sitt utseende. Han hade nu mött Tanja två gånger och hon hade inte känt igen honom, så bluffen hade tydligen gått hem.

Gerhard väntade sig flera frågor, men istället hörde han ett bullrande skratt som fyllde bilen och bättrade på hans huvudvärk. Gerhard vevade ner sidorutan för att få frisk luft, det hjälpte faktiskt lite grand.

– För att vara en gröngöling överraskar du mig verkligen. Du har lärt dig snabbare än jag kunde ana.

Det fick Gerhard att se på honom och när de svängde runt en skarp kurva, såg han en klackring glimma till på hans lillfinger. Gerhard hann inte tänka så mycket på det, eftersom bilen stannade och han kände igen huset som han bortrövats från.

Det fanns ingen likhet med mannen han träffat på biblioteket vilket betydde att han inte var hans farbror i alla fall. Hela gänget som jobbade åt Herman hade kanske klackringar. Ja, inte Maj och Greta, men dom kanske bara jobbade med det uppdrag dom nu hade och han hamnat mitt i. Men det hade inte börjat bra precis, hur skulle det se ut i fortsättningen ...?

Bilen stannade och han fick annat att tänka på. Med hjälp av bamsingen plockade de ihop hans saker som rivits ur resväskan. Vad än denna någon letat efter, hade det gjorts grundligt. Det betydde problem att hitta det som behövdes och stoppa ner i resväskan.

Efter en titt i garderoben såg han att ingenting rörts. Datorn, bandspelaren och kassetterna fanns kvar i kartongen där han lagt dem. Kartongen lät han stå kvar. Även om det skulle vara roligt att leka med den igen, fick det bli vid något senare tillfälle. Han kastade en blick på förödelsen innan han låste dörren och följde bamsingen som bar ut väskan till bilen.

Huvudvärken och tröttheten gjorde att han inte brydde sig om vart de åkte, men det tog inte lång stund. Det enda som fastnade i minnet var att de körde över några rejäla gupp vilket fick mannen som körde att muttra någonting om förbannade kamelpucklar.

När bilen stannat klev de ur framför ett hus i en brant uppförsbacke och Gerhard följde mekaniskt med utan att ens kasta en blick på omgivningen. Den han antog var en medhjälpare till Herman, bar med lätthet upp väskan uppför trapporna. Lite försynt sa Gerhard:

– Jag antar att du är god vän med min farbror.

– Det kan du lita på, sa bamsingen. Men nu får du klara dig själv medan jag kollar upp det där kyffet dit dom tog dig.

Efter att ha visat att det fanns mat i kylskåpet och frysen lade han en karta med tabletter på den lilla köksbänken.

– Tabletter mot huvudvärken. Lås dörren efter mig, sa han och försvann ut genom dörren.

Gerhard brydde sig inte om vad som skulle kollas upp i kyffet han varit, han hade nog med sin huvudvärk. Efter att ha låtit vattnet spola en stund i den pyttelilla runda slasktratten, fyllde han glaset som stått uppochnervänt på den korta diskbänken och sköljde ner två tabletter.

Någonstans ifrån kom han ihåg plånboken han stoppat i fickan. Förvånad stirrade han på det han höll i handen, det var ingen plånbok utan en mobiltelefon. Han slog på den men den behövde ett lösenord och det hade han inget. Utan att grubbla över vems det kunde vara tryckte han på stäng av och stoppade tillbaka den i fickan.

Med stöd av diskbänken lät han blicken irra runt det som tydligen skulle bli hans tillfälliga bostad. Det tog inte lång stund eftersom det bara var ett litet krypin under takåsen. Gerhard gissade att den inte kunde vara större än tjugofem kvadratmeter.

Där han stod i ena hörnet av ena kortväggen inne i pentryt kunde han på motsatta sidan se en säng med ett lågt bord framför. För en bohem skulle antagligen lägenheten ses som en pittoresk, kanske till och med ett mysigt krypin. Men så upplevde han det inte, snarare kändes det som att väggarna kröp närmare och gjorde rummet mindre..

Trapporna upp till våningen hade känts som en lång bergsbestigning, fyrtioåtta trappsteg noga räknat. Varför han räknat trappstegen visste han inte själv, men ovanan vid att gå i trappor kändes i vaderna och lårmusklerna, vilket gav en föraning om en kommande träningsvärk.

När han gick fram till det ena av de två fönstren och tittade ut, insåg han att det inte fanns någon risk för insyn, men drog ändå för de tjocka röda gardinerna. Det var först när han satte sig på sängen, som han såg att den maffiga klockan inte fanns kvar på armen. För honom spelade det ändå ingen roll hur mycket klockan var, han lade sig på sängen med kläderna på och somnade nästan omedelbart.

Kapitel 26

Gerhard vaknade kallsvettig över hela kroppen. Huvudet och munhålan kändes som fylld med bomull och lukten av kaffe fick det att vända sig i magen på honom. Sakta vred han på huvudet och såg Maj stå inne i det lilla pentryt. Det förvånade honom inte att hon stod där. Han försökte säga någonting, men det lät bara som en grymtning.

– Äntligen har du vaknat, sa hon och kom fram och ställde sig på knä bredvid sängen.

– Det känns att jag gjort det i alla fall, lyckades han få fram.

– Förlåt att jag inte var hemma när det hände. Jag var och letade efter dom där instruktionerna. Var det Orvar som körde dig hit?

– Har aldrig träffat Orvar. Ja, om det inte är bamsingen som dyker upp när jag hamnat i knipa som heter så. Har han en guldring? lyckade han kraxa fram och hon tittade underligt på honom. .

– Nej, då var det inte Orvar som skjutsade hit dig utan din beskyddare Burt. Visste att han fanns i bakgrunden redan när jag var hos dig. Kan förstå varför Herman tagit hit honom för att hjälpa till för han är en klippa. Jag borde ha tänkt på det och meddelat honom att jag lämnat dig ensam.

Gerhard försökte säga att hon inte alls behövde känna att det var hennes fel. Men försöket att säga någonting blev bara ett gurglande ljud. Det var som om han fått en stor klump i halsen.

– Säg ingenting, du kan få lite vatten till att börja med. Du måste få någonting i dig så jag håller på med att koka kaffe.

Efter att ha gett honom ett glas vatten skyndade hon tillbaka till pentryt och han slöt ögonen. Förstrött lyssnade han på beskrivningen om hur hans lägenhet såg ut. Att hon ringt Orvar, men att han redan visste om det. Det skulle skickas över folk för att städa lägenheten.

Men det Maj berättat förvånade honom inte alls. Inte heller när hon sa:

– Hur gjorde du, egentligen?

Gerhard hade den blekaste aning om vad hon frågat om. När han inte svarade på hennes fråga fortsatte hon att prata.

– Jag fick reda på av Orvar att ytterligare en som troligtvis är inblandade i det som pågår har plockats bort från banan som han sa. När man lyssnar på lokala nyheterna på radion eller läser tidningarna verkar det nästan som om någon satt munkavle på polisen. Dom vet inte allt, men är informerad att säga så lite som möjligt.

– Måste var den som den där Burt tog hand om, kraxade han.

– Troligtvis. Men på något sätt måste du på egen hand ha klarat av dom som kom till lägenheten, det syns på blåtiran du börjat få. Vet du Gerhard, du överraskar mig hela tiden.

Hon överraskade honom också. Inte genom det hon sagt, utan sättet hon gjort det på. I hennes röst och sättet att säga det hade det hade funnits en tydlig beundran. Han beslöt sig för att säga som det var, men kom av sig när hon kom med en mugg och ställde den på det lilla bordet. Hon lutade sig fram och hjälpte honom sätta sig och få stöd mot väggen. Det var då han upptäckte att han var helt naken.

Han hade ett svagt minne av att ha lagt sig med kläderna på så någon hade klätt av och bäddat ner honom under täcket. Eftersom han var tvungen att hålla muggen med bägge sina darrande händer drog Maj täcket om honom. Hon gjorde det på ett sätt som märkligt nog verkade naturligt.

De första små munnarna kaffe gjorde ansatser att komma tillbaka upp igen, den tredje lade sig till ro i magen och började sprida en behaglig värme i kroppen.

– Nå, sa hon, ska du inte berätta för mig?

Än en gång tänkte han säga som det var, men råkade se klockan liggande bredvid kläderna på det lilla bordet. Den stack honom i ögonen och han kunde inte begripa hur den kommit dit. Han var absolut säker på att inte haft den på armen kvällen före.

– Klockan, sa han, den fanns inte på armen när jag kom hit.

– Du var nog ganska vimsig då, sa hon. Jag såg direkt när jag kom hem att du var här.

På något underligt sätt förvånade inte heller det honom. Omedvetet lät han blicken svepa runt det lilla rummet på samma sätt som kvällen före. Övervakningskameran, var satt den ....

– Vad tittar du efter? sa hon och avbröt hans letande..

– Kameran, den som gjorde så du kunde se att jag var här.

Hon skrattade, ett glatt klingande skratt som gjorde klart för honom att han dragit alldeles fel slutsats om hur hon kunnat veta var han fanns. Men hon sa ingenting, men efter att ha skrattat färdigt, satte hon på honom klockan på armen.

– Nu kan jag se var du är nånstans, sa hon.

– Jaha, och utan klocka är jag osynlig, sa han och hörde själv
att det låtit spydigt.

– För mig i alla fall, sa hon. Det sitter en sändare i klockan
som gör att jag och dom andra kan hålla reda på var du är
någonstans. Jag blev livrädd när jag kom till lägenheten och
såg hur den såg ut, Hade ju bara varit borta drygt en timme
men kom hem och såg att du var borta och allting var opp
och nervänt. Men så såg jag på plattan att du fanns här. Så var
rädd om klockan, jag vill inte tappa bort dig.

Som en blixt från klar himmel slog det honom hur hans
beskyddare Burt kunnat hitta honom så snabbt. Det var
genom klockan Burt hittat honom. Naturligtvis hade han
samma utrustning som Maj, han kunde inte tänka sig annat.
Han beslöt sig för att berätta vad han varit med om.

Maj satt tyst hela tiden och avbröt honom inte en enda gång.
Han uteslöt ingenting och för att slippa se hennes ansikte när
den hjältegloria hon satt på honom föll av, vred han huvudet
möt fönstret. Tystnaden som följde förstärkte hans misstanke
att hon tyckte han var en amatör som slagits medvetslös två
gånger, vilket knappast var ett hjältedåd precis.

– Du har verkligen börjat leva farligt Gerhard, sa hon bara.
Jag kan inte begripa varför Herman utsätter dig för det här.
Har du kommit på nånting om instruktionerna? Jag hittade

kassettbandet innanför min dörr. Har det nånting med det att göra?

Ivrig över att för en gångs skull veta någonting, berättade han om bandet han fått och som han tagit med sig hemifrån. Han berättade om den gamla datorn han hittat i klädgarderoben av en slump. För att komma åt det som fanns på bandet, måste man skriva in ett lösenord och det var det lösenordet de måste komma på vad det var.

– Var finns den där datorn? sa hon och det märktes att hon redan var på språng.

Han sa som det var, att han lagt tillbaka den i garderoben och hon försvann ut genom dörren utan att ens säga hej då.

Kapitel 27

Gerhard stod under duschen när badrumsdörren slets upp och Maj stormade in och slet undan duschdraperiet.

– Datorn fanns inte där, skrek hon. Jag letade överallt men jag hittade ingen kartong med en dator i. Är du säker på att den fanns där?

Eftersom han stod naken och dyblöt under en strilande dusch hade han inget omedelbart svar. Han försökte skyla sig och frågade försynt om han fick torka sig innan han kunde svara på frågor. En hastig blick på Maj, visade att hon inte brydde sig om att han stod naken. Tvärtom verkade hon se det som den naturligaste sak i världen. Hon tog en badhandduk som hängde på en krok och höll fram den. Han stängde av vattnet och tog emot den.

Under tiden han klädde på sig hörde han Maj slå i dörrar och verkade riva hela lägenheten. Men så hörde han henne ropa:

– Hur är det med minnet efter smällarna du fått i skallen egentligen?

Han fattade inte vad hon menade, men hon hade nog inte väntat sig något svar, för i samma andetag sa hon:

– Var du inte med och plockade ihop grejerna i lägenheten? Datorn ligger ju i kartongen som du sa.

En dator låg mycket riktigt längst ner i botten på kartongen, men inte den han använt tidigare. Medan hon plockade upp datorn och bandspelaren på bordet, började tankarna snurra runt i huvudet.

Det var inte den gamla bulliga han använt tidigare, det var en nyare sort. Om den gamla var utbytt eller att det fanns två kartonger med datorer var det bara en som kunde ge svar på nämligen Herman.

Samtidigt slog det honom att han borde veta lösenordet. Han tänkte tillbaka hur han fått bandet och plötsligt slog det honom vad Burt sagt: Se sextiofyra, kom ihåg det.

Smällarna i huvudet hade tydligen fått saker på plats. Någonstans i bakhuvudet hade det funnits hela tiden men först nu kommit fram. Det var ju hur enkelt som helst och han var nära att ge upp ett glädjetjut. Maj såg förvånad ut när han föste undan henne för att koppla ihop bandspelaren med datorn.

– Vet du om det finns nån teve här? sa han och Maj skyndade fram till skåpet vid fotändan av sängen. På en av hyllorna stod en liten tolvtums teve som var perfekt för ändamålet. Han kopplade in sladden i antennuttaget, slog på teven, tryckte nian på fjärrkontrollen och satte igång datorn. Någon hade använt datorn i lägenheten tidigare, startbilden kom upp omedelbart.

– Nu behöver jag bandet du fick, sa han och i ivern gick rösten nästan upp i falsett.

Maj krängde av sig en liten svart ryggsäck han inte märkt att hon haft på sig och plockade fram bandet. Det märktes att hon var lika ivrig som han. Under tiden den långsamma processen att ladda in det som fanns på bandet, berättade han för henne vad han kommit på.

De väntade lika spänt båda två tills bandet stannade och på den blå teverutan kunde de se att programmet var laddat. Han tryckte på knappen för att köra programmet och där stod det han väntat på: Välkommen, skriv ditt lösenord. Han skrev C64 och tryckte Returtangenten.

Snopen såg han samma felmeddelande som tidigare. Han hörde en tyst svordom från Maj och kunde inte låta bli att le. Snabbt skrev han in: se sextiofyra, men resultatet fick honom att sluta le. Uppgiven tog han bort mellanslaget mellan se och sextiofyra så att det blev ett ord och tryckte på knappen för att köra programmet. Han log för sig själv för den här gången svor inte Maj.

Bandspelaren startade men det tog inte lång stund innan den stannade och han tryckte på Kör.

Gerhard blev inte ett dugg klokare av de rader med text och siffror som visades på teverutan. Fattade vad det handlade om verkade däremot Maj göra. Ivrigt slet hon upp en liten bärbar dator ur ryggsäcken och fällde upp locket. Det var ingen vanlig text, snarare programmerad kod hon ivrigt började skriva av, för Gerhard såg det ut som text och siffror i en salig blandning.

Eftersom det enda han kunde göra var att sätta på kaffe, gjorde han det. Han höll på att leta efter någonting till kaffet, när Maj med ivrig röst sa:

– Hur får man fram en ny sida?

Han gick fram och visade henne och en ny lika knasig text och siffror visade sig. Sju spalter där siffror och bokstäver hade ett kommatecken efter sig fick ingen klocka att ringa i huvudet. Han gick fram till diskbänken och fortsatte med det han tänkt göra.

Inklusive en kort kaffepaus tog det Maj drygt en halvtimme att skriva av det som kommit upp på skärmen. Den sista sidan som visades kunde hon hoppa över. Det stod bara: När du laddat in sidan B, tänk på hur datorn fungerar och vad som stod i brevet för att gå vidare.

För att hitta lösenordet behövde de brevet om det fanns kvar där han stoppat det. Brevet kanske inte ens fanns kvar i kvar i lägenheten. Om de som sökt igenom lägenheten hittat brevet skulle de knappast blivit klokare av innehållet än vad han och Greta blivit.

– Finns det nån som kan kolla om brevet jag fick finns kvar i lägenheten? Jag klämde fast det under sängen alldeles innan min Fiesta blev sprängd i luften.

Maj avbröt sitt vankande fram och tillbaka över golvet och kom fram och satte sig bredvid honom på sängen.

– Menar du brevet som var så obegripligt, sa hon. Ingen människa kan bli klok på vad som stod i det.

Naturligtvis, Greta måste ha berättat om brevet. Han kunde inte skaka av sig känslan att lösningen fanns i brevet. Dom måste missat vad ledtråden kunde vara. Han lyssnade när Maj började prata i mobilen och det lät som om hon gav order till någon.

– Orvar åker till lägenheten och kollar, sa hon efter att samtalet var avslutat. Om brevet sitter fastklämt under var han säker på att de missat brevet. Sängkläderna låg på golvet så ingen kanske tittade under sängen. Han skulle titta närmare på inspelningen igen från övervakningskamerorna som ja ... Ja, som Greta satte upp om de hittat någonting. Vi får vänta och se.

Gerhard reagerade inte på vad hon sagt, utan istället på vad övervakningskameran i sovrummet spelat in. Vad fanns egentligen inspelat av det Greta och han haft för sig?

De behövde inte vänta lång stund för efter drygt en kvart hördes en knackning och sedan tre korta på dörren därefter kom smällen från luckan på brevinkastet. Gerhard satte sig upp i sängen och hela rummet snurrade. Med ett stönande sjönk han tillbaka på sängen. Maj lutade sig fram och strök honom över pannan.

– Ta det lugnt Gerhard, antagligen har du fått en lättare hjärnskakning. Jag kollar vad Orvar släppte in, sa hon och skyndade iväg.

Försiktigt reste han sig upp när Maj kom tillbaka viftade med brevet och satte sig bredvid honom.

– Det hänger på dig nu, sa hon och plockade upp papperet ur kuvertet.

Gerhard blev inte ett dugg klokare av innehållet, men vad hade menats med hur datorn fungerade? Han skrev på måfå några ord bakom frågetecknet utan resultat och stirrade på brevet igen. Det var bara ett ord som var skrivet med stora bokstäver och det var vad som stod efter frågetecknet. Han raderade det han skrivit och skrev: CHANSEN!

Det surrande ljudet från bandspelaren när den börjat ladda in det som fanns på bandet lät som musik. Han märkte inte att Maj lutat sig fram och vred på huvudet men ryckte till när han kände hennes läppar mot sina för ett kort ögonblick.

– Tänkte kyssa dig på kinden, sa hon och han hörde henne gå över golvet och toalettdörren öppnas och stängas.

Gerhard kände hur det ryckte i mungiporna efter Majs lilla olyckshändelse, det misstaget kan hon gärna få göra igen tänkte han. Någonting tyngde i fickan och han kom ihåg att det var mobiltelefonen han hittat.

Eftersom det inte var hans måste den tillhöra någon av dom som kidnappat honom tänkte han och startade den. Så snart startskärmen kommit upp tryckte han på måfå några siffror för att försöka låsa upp den. Efter en stund gav han upp och stoppade tillbaka den i fickan.

Kapitel 28

Efter att ha dragit igen toalettdörren efter sig drog hon ett djupt andetag. Kinderna hettade och hon sköljde av ansiktet med kallt vatten. Hon hade aldrig tidigare engagerat sig i någon, det var en underlig känsla som bubblat upp till ytan. Det som väntade var knappast utan risk att någon skulle bli skadad, nu hade hon inte bara sig själv att tänka på.

Tidigare hade hon litat blint på att Herman visste vad han gjorde, men det som hänt visade att det fanns risker. Herman litade tydligen på att som helst som dök upp skulle de klara tillsammans som ett team. Men utan någon som helst erfarenhet, hur skulle han kunna vara till hjälp …? Hon torkade ansiktet och rättade till håret.

Bli aldrig engagerad i en partner hade hon hört många gånger. Var och en i ett team måste vara fokuserade på vad de själva gör istället för att oroa sig för sin partner. Men kunde hon verkligen se honom som en partner, han hade ju ingen som helst erfarenhet och skulle de hamna i knipa skulle hon också tvingas tänka på honom. Hon tyckte inte om den oroliga känslan hon hade. Tidigare hade hon kunnat lita på att hennes partner kunde ta hand om sig själv och även stötta henne, men nu ...

Maj var fortfarande kvar på toaletten när bandet laddat färdigt och det kom upp en text där det stod: Nu har ni början på era instruktioner men inte alls allt som behövs. Avkoda och läs allt ni behöver veta. Automatiskt startade han programmet och skärmen fylldes som tidigare med samma obegripliga text och siffror. Han ropade på Maj, men hon stod redan bakom hans rygg utan att han märkt det. Utan att säga någonting började hon skriva på sin dator. Han visste inte hur lång tid det skulle ta och lade sig på sängen igen.

Han måste ha slumrat till en stund men vaknade av en molande huvudvärk. Men huvudvärken var inte lika gnagande som tankarna om vad han blivit inblandad i. Hur hade Herman kunnat veta att han kunde hantera en gammal hemdator som 64:an? Hur många hade fortfarande kvar en Commodore 64 ...? Vad han läst var det någon gång på åttiotalet som hemdatorboomen startade. Hans pappa hade köpt en och det var den han flitigt använt för länge sen.

Han hörde en grymtning från Maj och vred på huvudet. Hon hade slutat skriva på datorn och hennes sätt att tugga på underläppen fick honom osökt att tänka på Greta. Varför kunde han inte begripa. Den proffsiga effektiva tuffa Maj var nästan skrämmande. Men samtidigt var hon verkligen någonting att hålla i handen om det skulle hända saker. Han litade på att hon kunde klara av det mesta men hade en orolig känsla av att någonting var på väg att hända. Att hon skulle få visa det ganska snart.

Majs mobil ringde, hon lyssnade och gick sedan ut i hallen. När hon kom tillbaka höll hon upp en nyckelring och log med hela ansiktet. Han förstod varför när hon tog av huven på ett USB-minne som satt på nyckelringen och stoppade det i sin dator.

– Måste köra ett krypteringsprogram för att få veta vad jag knappat in, sa hon.

Gerhard blev inte klokare av det hon höll på med så han reste sig försiktigt från sängen och gick fram till fönstret. Det hade börjat skymma, dessutom var det inte mycket att titta på annat än en massa hustak.

Han råkade titta nedåt och tog omedvetet ett steg bakåt från fönstret för i en öppning mellan husen kunde han tydligt se en kvinna som var misstänkt lik Tanja. Bakom henne kunde han se en man i lång skinnrock. Tanja tittade på någonting hon hade i handen och vred huvudet fram och tillbaka som om hon letade efter någonting. Han lade handen på Majs axel.

– Det verkar som om dom letar efter oss, Det ser ut att vara Tanja och en man som står där nere i gluggen mellan husen, sa han. Han hörde Maj slå igen locket på sin dator.

De behövde inte säga någonting till varandra. Gerhard plockade bort hemdatorn från teven och stuvade ner allting i kartongen. Samtidigt såg han Maj plocka fram någonting ur sin ryggsäck och gick ut i trappuppgången. Han följde efter och såg henne ställa sig på tå och sätta fast en liten vit sak på väggen.

– Vi kommer att ha koll på om dom kommer upp hit, men resten måste vi själva klara av. Jag skickar ett SMS att vi behöver hjälp.

Gerhard kände sig inte lugnare av att hjälp var på väg, fram till dess måste de klara sig själva. Maj försvann tillbaka in i lägenheten och Gerhard satte sig på det översta trappsteget.

Han hade inte suttit lång stund innan han hörde porten öppnas och röster av ett samtal han inte kunde uppfatta. Porten smällde igen och Gerhard reste sig och kastade en blick på brevinkastet. Det skulle inte vara svårt att hitta deras dörr eftersom firmanamnet stod på dörren Antagligen fanns det att läsa på tavlan nere vid portuppgången också vilket skulle göra det lätt för Tanja och hennes sällskap att hitta dom..

Maj hade ställt sin iPad på den lilla byrån i hallen och på den kunde han se den lilla avsatsen som fanns utanför dörren. Antagligen handlade det bara om några minuter, det gällde att komma på vad de kunde göra. Den Maj ringt skulle definitivt vara på efterkälken.

– Vi måste väl räkna med att dom är beväpnade, sa han nästan som för sig själv,

– Troligtvis, blev det korta svaret. Och vi vet inte hur många dom är förrän dom kommit upp.

– Vad jag kunde se hade Tanja bara en med sig. Har du nån plan?

Det hade hon inte så Gerhard ställde sig på knä och vickade försiktigt på brevinkastet. Han hörde steg i trappan och viskande röster som vad han kunde förstå var på väg upp till dem. Försiktigt stängde han brevinkastet.

Hjärnan började arbeta för högtryck och från ingenstans slog det honom hur de kunde göra. Tanja var troligen den som skulle ringa på dörrklockan och när dörren öppnades skulle hennes medhjälpare ställa sig till höger, eller som från hans håll till vänster och då vara skymd av dörren. Tyst viskade han i Majs öra hur de kunde göra och hon nickade.

Sekunderna kändes som minuter innan Tanja och en kraftig man i skinnkappa blev synliga på skärmen. Mannen ställde sig precis som Gerhard misstänkt mot väggen för att bli skymd av dörren när den öppnades. Tanja gjorde ett tecken till mannen som stack in handen under skinnrocken och drog fram en pistol. Gerhards hjärta bultade när han på Majs platta såg Tanja sträcka fram armen och ringa på dörrklockan.

Gerhard drog snabbt av sig strumporna för att få fäste mot golvet. Han gav tecken åt Maj att vara beredd att trycka ner dörrhandtaget och satte fart. Maj tryckte ner handtaget exakt i samma ögonblick han nådde dörren. Trots den korta ansatsen hade han fått upp bra fart när han kastade sig mot dörren med hela sin tyngd.

Det kändes i hela kroppen när det slog stopp efter att dörren törnade emot någonting, sedan kom skriket från Tanja och det klingande ljudet av metall mot marmorgolvet. Han kände luftdraget när Maj svepte förbi honom samtidigt som han med ryggen tryckt mot dörren gled ner på golvet.

Det surrade i huvudet och frånvarande plockade han upp pistolen som låg på golvet. Han kände hur dörren trycktes emot honom och sittande på baken gled han till dess trycket mot hans rygg slutade. Han upptäckte att han hamnat ansikte mot ansikte med Tanja som satt lutad mot väggen och var kritvit i ansiktet. Hon höll den vänstra handen mot sin högra axeln.

– Res dig, hörde han Maj säga, men tyngden bakom dörren gjorde att han måste ta spjärn mot dörrkarmen med foten.

Maj hjälpte honom upp och mannen som stått bakom dörren dunsade ner på golvet.

– Kolla om hon har några vapen, nästan kommenderade Maj honom och Tanja sträckte upp vänstra armen i luften.

– Jag är obeväpnad, stönade hon fram.

Gerhard gick fram till henne, det fanns inga tvivel om att hon hade ont.

– Kan du resa på dig, sa han och märkte att pistolen han höll i handen var riktad mot henne.

Hon nickade och stönande lyckades hon komma upp i stående. Han vinkade med pistolen att hon skulle gå in i lägenheten.

– Jag måste få komma till en läkare, snyftade hon fram. Gerhard tyckte faktiskt synd om henne.

Mannen i skinnkappan rörde på sig och började kvickna till när Burt ljudlöst som alltid dök upp som ur tomma intet.

Trots sin stora kroppshyddan rörde han sig tyst och smidigt. Bakom honom visade sig två män som utan att säga ett ord tog hand om Tanja och mannen i skinnkappan och försvann lika snabbt som de kommit.

– Jag tar hand om den där.

Gerhard hade inte varit medveten om att han fortfarande hade pistolen i handen när Burt tog den ifrån honom, säkrade den och stoppade den i innerfickan på sin jacka. Gerhard blev stående på samma ställe och såg hur Burt och Maj gick in i pentryt.

Från att ha låtsats inte känna igen Maj verkade det som de känt varandra länge. Men det var kanske så det fungerade inom det de höll på med. De pratade så tyst att han inte hörde vad de sa men Majs nickande betydde att hon i alla fall fattade vad det handlade om.

Adrenalinkicken han känt började tyna bort, benen började skaka och huvudet kändes som det skulle kunna spricka vid varje pulsslag och han blev medveten om att vänstra axeln värkte. Som en sömngångare gick han fram till sängen och satte sig på den. Han blev medveten om att Maj kommit fram till honom och hörde Burts djupa röst säga:

– Se till att ni är klara om en kvart.

– Du hörde vad han sa, vi är inte säkra här, sa hon och lydigt
reste han sig för att hjälpa henne plocka ihop det de skulle ha
med sig.

Kapitel 29

Gerhard hade anpassat sig till att vara en del av någonting han inte hade den blekaste aning vad det handlade om. Ändå började det nästan bli en vana att det hände för honom de mest otroliga saker. Försiktigt lade han sig på sängen eftersom huvudvärken kändes som att ha en kniv i huvudet, vilket fick honom att sluta ögonen och stönande när han försökte ändra ställning.

Efter hand minskade smärtan och ersattes av minnesbilder som osökt dök upp i huvudet. Var det verkligen han som kommit på att han skulle kasta sig mot dörren? När han tänkte efter hade de fungerat som ett väloljat team i en pressad situation. Han kunde inte annat än beundra den kyla Maj visat, men vad kunde han förvänta sig av ett proffs. Men att han själv ...

Hans tankar flög sin kos när Maj kom fram och frågade om han behövde hjälp att ta sig nerför trapporna. Han viftade avvärjande med handen och tog sig med möda upp ur sängen och följde efter henne. Med hjälp av ledstången kunde han ta sig nerför de många trappstegen.

När de kom ut genom porten såg han en man bredvid en skåpbil som först höll upp handen mot dem sedan viftade att de skulle komma. Han blev mer eller mindre inkastad i baksätet på skåpbilen som började rullade innan han hunnit sätta sig tillrätta.

När bilen stannat och han med hjälp av Maj kommit in i ett hus, kom en äldre man fram och lyste honom i ögonen med en ficklampa och mumlade sedan någonting på engelska. Gerhard tyckte det låtit som att bara en träskalle kunde klara så kraftiga smällar utan att få en rejäl hjärnskakning. Han brydde sig inte om det.

Maj måste ha uppfattat vad mannen sagt för hon ledde in honom i ett sovrum.

– Du ska ta dom här tabletterna, sa hon och han gapade och svalde det hon stoppade in i munnen på honom.

Allt började bli diffust och han sjönk ner på sängen. Som om det kom långt bortifrån hörde han Maj säga någonting sedan domnade han bort.

Men han sov inte utan var medveten om att folk rört sig i rummet och pratat. Någon ruskade honom i armen.

– Gerhard, är du vaken? Hur känns det? Rösten fick honom att öppna ögonen och han kunde se Maj lutad över sig.

247

– Jag är vaken, men har mått betydligt bättre, lyckades han få fram.

– Jag är fly förbannad på Herman, sa hon och satte sig på sängkanten. Allt han planerat gick över styr och han trodde du skulle fått fart på den förbaskade gamla datorn för länge sen där det stod vad som var på gång.

– Det var jag som var trögfattad.

– Han hade inte räknat med att saker och ting skulle börja hända så snart efter han kontaktat dig. Som han förklarade för mig hade han räknat med att du skulle få vara med för att lära dig och trodde att allt var under kontroll. Du skulle bara få uppleva lite spänning, sa han.

– Det har jag fått så det blir över.

– Men det var tack vare att det började hända saker innan du blivit informerad om vad som var på gång. Men det som hänt dig visar att dom visste om din anställning vid firman. Antagligen var dom inte säker på att det stämde till att börja med, men dom måste ha fått någon information.

– Pjuckan på Arbetsförmedlingen. Dumt nog sa jag att mina kvalifikationer kanske inte fanns i hennes dator och hon blev skitnervös.

– Du blev alltså inte inblandad direkt genom Greta när hon sökte upp dig på fiket utan båda var måltavlor redan då. Men när du blev kidnappad satte det igång saker på allvar och tidigare än beräknat.

Gerhard fattade ingenting. Herman hade alltså gjort en instruktion om vad han kunde vänta sig. Men det var ganska långsökt att koppla ihop brevet med kassetten som Burt måste stoppat i hans ficka. Det hade slagit stopp i huvudet trots att Burt faktisk sagt se sextiofyra, kom ihåg det. Men det hade ju faktiskt nämnts gamla kunskaper och var det nånting han kunnat var det att hantera en dator som Commodore 64.

Hur länge hade Herman eller någon annan kollat upp honom innan de träffades på biblioteket? Han sa det inte högt utan låg tyst och väntade på vad Maj skulle säga. Hon satte sig på sängkanten och strök honom över kinden.

– Det handlar verkligen om en stor grej där både svenska och polisen i några andra länder är inblandad. Det var Europol som kontaktade Hermans välkända säkerhetsföretag som haft många internationella uppdrag. Firman du är anställd av har bara funnits ett år och fungerat som lockbete för att komma åt en välorganiserad liga. Upplägget var att de skulle nappa på det. För mig förklarar det varför det varit så tyst i media om dom som Burt tagit hand om. Samma sak med dom två som polisen fick ta hand om och nu Tanja och den där torpeden hon var tillsammans med. Det är som om dom försvinner och aldrig har funnits.

– Nånting säger mig att det inte är slut än, det är nu det verkligen börjar, eller hur?

– Enligt Herman är det nu det roliga börjar för vi har fått snurr på det hela utan att vara medvetna om det. Att det handlar om en välorganiserad liga har vi ju märkt, men ledning börjar säkert undra över vart deras folk tagit vägen. Tanja eller vad hennes rätta namn är håller på att kollas upp, hon har varit till några adresser som nu hålls under uppsikt. Kanske är hon viktigare än Herman trott.

Gerhard förmådde knappt lyssna på det hon sa, istället irrade blicken upp under den korta kjolen hon fortfarande hade på sig. Var det ett födelsemärke hon hade högt upp på ena lårets insida eller en liten tatuering? Han kom av sig när hon satte sig bredvid honom igen.

– Herman vill att dom ska bli lite förvillade, så du kommer att få jobba tillsammans med Greta från och med i morgon. Om Greta dyker upp igen funderar dom kanske, men det bästa är om ni kan hålla er undan och inte bli upptäckta. Du och Greta ska träffa Herman i morgon och då får ni veta hur han lagt upp allting. Det har varit roligt att lära känna dig, var rädd om dig. Kyssen hon gav honom skulle han bära med sig och göra allt för att få träffa henne igen.

När Maj gått plockade han upp telefonen ur fickan och slog på den. Varför han ens försökte visste han inte men han misstänkte att det måste vara Tanjas telefon. Han luktade på den och det fanns faktiskt en svag parfymdoft blandat med lukten av läder. Maj hade ju haft en dosa som kunde låsa upp telefoner, kanske även Greta hade en. Han skulle ta upp det med henne när hon kom. Han lade ifrån sig telefonen på nattygsbordet och sjönk ner på sängen.

Kapitel 30

Gerhard hade ingen uppfattning om hur länge han slumrat till. Han var torr i munnen och försökte försiktigt resa sig från sängen. Till sin förvåning märkte han att huvudvärken i det närmaste var borta, men det ömmade i den vänstra axeln. Trots att det var skumt i rummet kunde han se ett glas stå på nattygsbordet.

Han var på väg att ta glaset men handen stannade i luften när han hörde dörren öppnas. Personen i dörröppningen hade ett kraftigt ljus bakom sig var det omöjligt att se ansiktet på den som stod i dörröppningen. Men så tändes taklampan och han kunde se mannen.

– Du har vaknat ser jag. Efter det du varit med om är det inte underligt att du sovit som en stock.

Gerhard kände omedelbart igen rösten, det var samma person han träffat på biblioteket.

– Vi ses igen eller vad man ofta kunde höra i dom gamla filmerna. Tänker du förklara varför du blandat in mig i det här?

– Förlåt om det kanske blivit lite för mycket för dig, men jag ville att du skulle få lite spänning i ditt liv. När det här drogs igång trodde vi att allt var under kontroll, men så var det inte. Hade inte räknat med att ett motorcykelgäng skulle blanda sig i men antagligen blev dom lejda att märka dig. Dom har tigit som muren men vi har inte kunnat hitta någon koppling till dom stora MC-gängen. Men det ställde till det för oss men också för dom personer vi varit ute efter en längre tid. Dom funderade säkert över vad som gick snett och hur du kunde klara dig undan. Dom fick inget grepp om dig vad du var för en. Snaran börjar i alla fall dras åt kring dom vi varit ute efter, men tyvärr måste du fortsätta vara lockbete.

Gerhard svängde benen över sängkanten och tog glaset på nattygsbordet och tog en klunk. Det kändes strävt i halsen men han drack ur resten i glaset. Inte undra på att saker hänt han inte ens kunnat drömma om och det bara för att han varit ett lockbete. Det slog honom att det måste börjat tidigare än innan Tanja dykt upp, Hon hade varit utskickad för att snoka och antagligen blivit helt ställd när han visat sig vara en helt vanlig kille.

Och vem hade kunnat misstänka att Pjuckan var inblandad i någonting. Han mindes hur nervös hon varit när hon frågat om anställningshandlingarna. Hon hade verkligen trott att han var någon annan än han var, men definitivt inte fattat att han bara varit ett lockbete. Men varför hade hon blivit dödad?

Kanske hade hon försökt backa ur vilket tydligen ingen gjorde ostraffad.

Det måste varit hon som ringt att han var på väg ut från Arbetsförmedlingen vilket gjort att han nästan blivit påkörd av den risiga gamla Volvon. Samma Volvo som sedan dykt upp med skjutglada typer. Kanske hade de till och med skuggat honom till Sandviken och strålat samman med dom som försökte mosa dem på parkeringen. Fiestan skulle knappast klarat smällen, snarare hade den blivit tillplattad. Men han hade inte sett den röda Volvon efter vägen och den hade kanske varit före honom. Dom visste ju vart han skulle. Därför kunde det knappast varit den risiga Volvon som mejat ner Pjuckan, någon olycka hade det inte varit. Kanske hade hon tvingats till det som revisorn sagt och det var därför hon varit så nervös. Allt började nästan passa ihop, men bara nästan. Han kunde inte låta bli att fråga.

– Var det en tillfällighet att allt började hända efter att vi talades vid på biblioteket? Jag vet att armbandet jag fick hade en sändare så att du eller någon annan skulle kunna hålla koll på mig. Det var den lilla pärlan på armbandet som var sändaren gissar jag. Sen blev det klockan som också hade en sändare som tur var.

– Du hade en beskyddare som inte hann med i svängarna några gånger.

– Vid Arbetsförmedlingen var det ingen klantig bilförare som nästan mejade ner mig, det var mig dom var ute efter. Efter att ha träffat dig på biblioteket har det hänt saker jag inte ens kunnat drömma om att råka ut för. Det är ren tur att jag är här nu. Du vet säkert vad jag fått vara med om, du har väl fått rapporter antar jag. Men hur länge ska turen hålla i sig?

– Du sa faktiskt att du hade otur för det mesta men det brukar jämna ut sig och i ditt fall verkar det ha gjort det. Efter det har du fått mycket beröm och förhoppningsvis inte tagit alltför stor skada av det. Du har fått en hjärnskakning av smällarna men den är lindrig som tur är, Hade nog haft dåligt samvete om du råkat värre ut.

Han tystnade och gnuggade ansiktet med händerna innan han sa:

– Jag är ledsen att jag var långt borta när min bror dog. Men vi hade kontakt och han berättade att du behövde en knuff för att få ordning på ditt liv. Lite sent kanske, men vad jag försökt göra var att ge dig den knuffen och det är jag glad över.

– Betyder det att alla runt omkring mig varit proffs? Snygga tjejer som kan hantera skjutvapen lika lätt som jag använder smörkniven.

– Kan förstå om du blev imponerad. Men samtidigt har det förhoppningsvis varit en upplevelse för dig

– Inte bara en upplevelse. Hur vanligt är det att en sån som jag får uppleva det jag varit med om. Naturligtvis borde jag ha begripit att såna tjejer inte är intresserade av mig.

– Du har tydligen inte fattat än vad du fått träffa. Men du ska inte underskatta dig själv. Jag hörde att det var du som kom på att kasta dig mot dörren. Du hade ett proffs till hjälp men det var du som tog över.

– Med ett proffs till hjälp var det enkelt. Men vad handlar det om egentligen?

– Vi är otroligt nära att spränga en liga som härjar över hela Europa och jag hoppas verkligen att du vill vara med om slutet. Redan när vi blev kontaktade var jag övertygad om att den välorganiserade ligans bas fanns i Sverige. Med det kaos som landets öppna gränser skapat var det många som kom och fortfarande kommer med helt andra avsikter. Dom kriminella ligger hästlängder före polisen som saknar den organisation, kunnig ledning och personal som krävs. Det kan bli så när oförstående politiker inte insett allvaret med att det behövs resurser, och personal som uppskattas med bättre löner.

– Säg det till dom politiker vi har. Det kommer inte att hända någonting förrän dom själva utsätts för hot. Men det kommer säkert att hända som det nu börjar se ut.

– Förstår du nu varför min firma kopplats in? Nu gäller att stoppa inflödet av vapen och om vi kan sätta stopp för ligan vi är ute efter, blir allt mycket lättare framöver. Hoppas du vill hänga med för att se hur det slutar.

– Naturligtvis vill jag hänga med på det som ska hända. Har läst alldeles för många böcker men aldrig lagt ifrån mig någon utan att få veta hur den slutat. Dessutom har jag lärt mig att det man tror är en massa onödigt vetande dyker upp när man hamnar i en situation som den vi hamnade i. Jag hade antagligen läst om någon som gjorde på samma sätt när jag slängde mig mot dörren. Kan jag vara till hjälp med mina kunskaper hämtade ur dom gamla deckare jag läst ställer jag upp.

– Jag vet en som blir glad när jag talar om det. Se till att vila för i morgon börjar det.

Ljuset släcktes och Gerhard såg hur han försvann genom dörröppningen. Han var tröttare än han trott och lade sig och somnade om.

Kapitel 31

Greta satt tyst och lyssnade på Herman när han berättade om att den tyska polisen med hjälp av Europol hade lyckats stoppa en stor leverans med vapen. Allting pekade på att det fanns en illegal vapenfabrik någonstans i Bulgarien eller Rumänien som någon liga från Serbien sedan smugglade till Sverige i stor omfattning.

Herman hade startat företaget för att använda som lockbete. Det hade varit lätt att skapa falska uppgifter genom sina affärskontakter i Rumänien och Bulgarien. Men det hade inte bara varit Serber utan även ett öststatssyndikat som varit med i bilden vid avlyssningar vilket trasslat till de uppgjorda planerna.

Vad som gällde var att en internationell styrkas uppgift var att ta hand om den illegala fabriken som tillverkade vapen, men även verkade vara bas för vapen köpta från Ryssland. Av den anledningen måste lokala polisen hållas utanför, korruption var vanlig och fick aldrig underskattas. Ingen visste var fabriken låg och det fanns inte heller några bevis på vem eller vilka som låg bakom.

Greta drog sig till minnes ett kort möte med en person på väg ut från revisorns kontor då hon planterat betet Herman sagt till henne att göra. Hon hade faktiskt funderat över vad en person som nästan luktade pengar hade för affärer med en minst sagt ljusskygg revisor. Men revisorn var definitivt inblandad så besöket de gjort hade varit känt i förväg.

Greta spetsade öronen när Herman sa att den som kallade sig Tanja i själva verket hette Tamara. De efterforskningar som gjorts hade visat att hon fanns högt upp inom den kriminella organisation hon tillhörde. Men av vilken anledning hade hon letat efter Gerhard med en torped i släptåg? Han hade ju inte känt till någonting om vad som pågick. Hon kom av sig i tänkandet när Herman sa:

— Vi blir inte klok på varför det verkar som att allt har blivit lagt på is och dom ligger och väntar. Igår kväll lyckades en av våra tekniker i Tyskland snappa upp ett meddelande. Viktig sak saknas som kan få helvetet att braka lös.

Det går inte att bli klok på vad som saknas. Vi tror inte det har att göra med att Tamara eller Tanja som hon heter är spårlöst försvunnen som vi sett till, det gäller någonting helt annat. Men tydligen är hon en nyckelfigur vi fått tag på tack vare er insats. Nu kan vi bara ligga lågt och vänta för att se vad som händer. Har du sett efter om Gerhard vaknat?

– Har inte varit in och tittat men kan göra det nu.

– Se till att han duschar och får lite mat i magen. Vi måste prata igenom hur vi ska göra.

Greta var på väg att resa sig från bordet när dörren slog upp och Burt bar mer än släpade in en man i svart täckjacka och knuffade ner honom på en stol.

– Vakta den här så ska jag hämta Ivan, han förstår varken svenska eller engelska, sa han kort..

Herman satte sig på bordskanten och frågade mannen på engelska vad han var ute i för ärende men mannen ruskade på huvudet. Greta såg hur på mannens irrande blick att han sökte en flyktväg men såg också leendet i Hermans ansikte. Den mannen skulle inte ha en chans att fly. Samtidigt öppnades dörren och Burt kom tillbaka tillsammans med en man hon aldrig sett tidigare. Mannen pratade snabbt med mannen Burt släpat in på ett språk Greta inte förstod.

– Han behöver lite övertalning, sa mannen som tydligen hette Ivan.

Örfilen kom så snabbt att inte ens Greta han se slaget och mannen på stolen föll i golvet. Burt lutade sig fram och lyfte tillbaka honom på stolen. Mannen kröp ihop och rädslan syntes tydligt i hans ansikte. Ivan som kommit med Burt sa någonting igen. Mannen på stolen började prata snabbt med blicken riktad på Burt.

– Han har fått betalt för att leta på oss och sedan vänta och ligga lågt när han hittat oss.

Herman reste sig från bordet och började gå fram och tillbaka på golvet.

– Fråga hur han kunde hitta oss?

Ivan rabblade en ramsa och stirrade förvånad på Herman.

– Han påstår att han hittat oss genom en GPS sändare. Han hade order om att vänta och försöka ta reda på hur många vi var och meddela om någon åkte härifrån.

– Okej, då är det dags att röra på oss efter att ha kontrollerat bilarna. Någonstans måste det finnas en sändare på någon av våra bilar. Och du Greta se till att Gerhard blir i ordning eftersom vi måste sticka härifrån.

Gerhard var redan påklädd när Greta kom in till honom och såg att han satt på sängen med en telefon i handen. Han blev inte ens förvånad över att se Greta istället för Maj.

– Var har du fått telefonen ifrån?

– Har haft den ända sen jag blev kidnappad. Den är låst så jag får inte fart på den.

– Men hur har du fått tag på den?

– Jag råkade plocka upp den på det där stället dit dom tagit mig när jag blev kidnappad. Jag var totalt borta i huvudet när jag blev räddad av Burt. Det var när jag försökte resa mig som handen hamnade på det jag trodde var en plånbok. Jag stoppade den i fickan utan att tänka.

– Det var en GPS signal som har hittat oss. Det du trodde var en plånbok är telefonen som utan tvivel är vad dom letar efter. Sitt kvar så hämtar jag Herman.

Det tog inte lång stund innan Herman dök upp och satte sig på sängen bredvid Gerhard och dunkade honom i ryggen. Det verkar som om du suttit med all information som behövs. Nu ska vi låta Orvar undersöka vad som finns i telefonen du har haft sen kidnappningen. Finns inte en telefon han inte kan få igång.

Sängen gungade till när Herman reste sig och försvann ut genom dörren med telefonen. Sängen gungade till på nytt när Greta efter en stund sjönk ner bredvid honom.

– Det som kan ställa till så att helvetet bryter lös finns antagligen i telefonen dom letar efter. Tack vare den kunde dom följa vart du tog vägen.

– Hur har dom kunnat det? Jag har bara provat och slagit på den ett par gånger. En gång uppe i ateljén och en gång här. Oj då, jag slog inte av den efter att ha provat den.

– Varje gång du slog på telefonen kunde dom se signalen. Hur skulle dom annars hittat till ateljén? Du klagar att du har otur men det stämmer inte alls. Kanske borde du spela Lotto eller nånting. Hur är det, är du hungrig?

Det var han och reste sig från sängen.

När Gerhard hunnit få i sig matportionen började köket fyllas med folk. De enda Gerhard kände igen var Herman och Burt. Till en början hade Gerhard svårt att följa med eftersom det talades engelska med skiftande dialekter. Han kände hur Greta tog honom i armen när en av männen sa att operationen börjar exakt klockan nitton nollnoll.

Gerhard hade inte en aning om vad klockan var och lät blicken irra efter en väggklocka. Den fanns ingen men Greta visade honom telefonen och den visade på en kvart över ett, det var några timmar kvar till den tid som sagts. Vad det var för sorts operation hade han inte en aning om, men tydligen var det någonting stort på gång. Herman sade någonting som han inte uppfattade, men männen reste sig från bordet och försvann lika fort de kommit.

– Ja du grabben, det var en lyckträff att jag plockade med dig i det här. Du har ju blivit den ofrivillige agenten eller vad jag ska kalla dig. Men det är du som försett oss med dom bevis vi behöver. Det dom letar efter är absolut telefonen och den vill dom ha tillbaka till varje pris. Kanske kan det locka fram den som är hjärnan bakom det hela innan operationen sätter igång. Nu förstår du hur viktig din medverkan är och då inte minst som lockbete. Men jag har sett till att du kommer att ha folk utplacerade som är redo om det händer någonting.

– Du tror att nånting kommer att hända? Märkligt nog kände sig inte Gerhard nervös inför svaret.

– Efter det som hänt tror dom du är en agent och antagligen ledare för din grupp. Vid det här laget vet den personen som är den verklige hjärnan i ligan att du har telefonen. Eftersom den var så avancerad tror säkert den personen att innehåller är okänt än så länge, men det tog inte lång stund för Orvar att lyckas tömma den på all information och krypteringen var verkligen usel enligt honom. Nu är det vi som är steget före. Enligt Orvar var det en finurlig telefon med ett kraftigt batteri. Dessutom hade telefonen en ovanligt stark GPS inbyggd. Det har gjort att dom kunnat hålla reda på varandra. Nu måste vi chansa på att hjärnan bakom alltihop börjar få panik. Han väntar fortfarande på att den som hittade oss ska höra av sig. När han inte kommer att göra det måste den personen improvisera och göra jobbet själv. Eftersom den Burt plockade in inte tillhörde någon liga utan var anlitad för jobbet, utgår vi från att det knappast är fler inblandade kvar än den som står bakom allting. Så du kanske får träffa honom eller inte alls omöjligt henne. Tamara var kanske inte enda kvinnan, om det vet vi ingenting.

– Gerhard kan inte vara ensam, jag följer med honom. Gretas röst lät skarp och Herman skrattade.

– Hade inte väntat mig annat och du har ju kameror som finns utplacerade i lägenheten. Det är lika bra att ni gör er i ordning så att ni kan bli skjutsade så fort som möjligt. Den här får ni inte glömma bort att ha med er.

Telefonen hamnade på bordet framför Gerhard men Greta snappade åt sig den och stoppade ner den i sin bag.

Kapitel 32

Lägenheten var precis lika välstädad som när han sett den första gången. Enda skillnaden han kunde märka var att lukten av rengöringsmedel fanns kvar i luften.

– Det finns säkert kaffe i termosen, hörde han Greta säga.

– Om du vill ha fisljummet kaffe så, men jag kokar nytt åt mig själv i alla fall, sa han och hörde Gretas skratt.

Han hade hunnit ladda kaffebryggaren innan hon kom ut i köket. Han reagerade på att remmarna till hölstret runt bröstkorgen fick hennes bröst att puta ut. Han såg kolven på en pistol sticka fram i armhålan lätt åtkomlig vilket inte förvånade honom. Precis som Maj var hon ju ett proffs som säkert varit med om värre saker än att vara lockbete.

– Den här har jag för säkerhets skull, sa hon och klappade på hölstret. Vi ska kunna vara trygga för jag vet att det placerats ut folk som ska skydda oss. Problemet är att vi inte har en aning om hur den här personen ser ut. Vi har ingenting att gå efter.

– Om vi har tur kan vi kanske vi kan få ett tips. Jag måste slå en signal på vanliga telefonen som Orvar sa att inte kan avlyssnas.

– Vem ska du ringa till?

– Hasse Aronsson naturligtvis. Okej, han är en sopa men har ögon som en falk. Antagligen har han fått det av alla Falcon öl han druckit.

Gerhard hörde fem signaler gå fram innan Hasses grötiga röst svarade.

– Läget Hasse, några nya kunder till mig?

– Gerhard, har du kommit hem?

– Långt ifrån men jag hoppas du kan göra mig en tjänst. Tanja som du säkert kommer ihåg, var hon i sällskap med nån?

– Inte då hon kom till mig. Men jag råkade se henne utanför kinesrestaurangen där hon skulle möta dig. Såg henne inte först för jag kollade in en Alfa Romeo av värstingsort. Det kan inte finnas många såna på vägarna. Tog ett kort på bilen med mobilen när en kille klev ur. Först då såg jag att tjejen som stod på trottoaren var Tanja. Killen som kom i bilen var fjantig värre och pussade henne på båda kinderna. Av bara farten tog jag en bild till när hon hoppat in i bilen innan dom hann sticka iväg. Bilen var skitsnygg.

– Kan du mejla bilderna till mig ska du få en hel platta starköl. Du får välja vilken sort du vill. Jag swishar pengar till dig så fort bilderna har kommit.

– Du kan väl slå en signal om du är nöjd så slänger jag på mig andra kläder. Kan ju inte knalla iväg till systemet i ett par trasiga träningsbyxor.

– Tror inte dom ser nån skillnad, men kanske du äntligen har gjort mig en tjänst, Hasse. Jag ringer.

Greta stod nästan och stampade bredvid honom.

– Vad sa han, jag hörde inte, hörde han Gretas röst intill örat.

– Han har ett kort på Tanja och en kille i en flott Alfa Romeo som pussade henne på båda kinderna. Jag sa ju att Hasse har falkblick och dessutom är han biltokig vilket vi kan vara tacksamma för. Han skickar bilder så jag måste låna din platta för att komma in på min e-post.

Gerhard väntade några minuter och skrev sedan in sin mejladress. Hasse hade överträffat sig själv när det gällde att arbeta snabbt, för det fanns ett kort meddelande: Här är bilderna.

Gerhard klickade på de bifogade bilderna och blev imponerad. Det var inga dåligt kort han tagit utan med bra skärpa där både mannen och Tanja syntes tydligt. Även bilnumret hade han oavsiktligt fått med.

Greta nästan slet plattan ur händerna på honom och tryckte på vidarebefordra, skrev en adress och skickade. Hon lade ifrån sig plattan och tog hans ansikte mellan sina händer, drog ner hans huvud och kysste honom. Gerhard kände det som att tårna krökte sig i skorna och han fattade tag om hennes midja med båda händerna. Han hade inte en aning om hur länge kyssen varat men den avbröts av att Gretas telefon ringde.

Han blev inte klok på vad samtalet handlade om eftersom Greta bara nickade flera gånger utan att säga någonting. När hon knäppt av telefonen vände hon sig mot honom.

– Det var verkligen i sista minuten fick jag veta. Bilen på kortet står på parkeringsdäcket ovanför Gallerian. Som tur är har jag bevakningskamera ute i trappuppgången och vid balkongen så bästa stället för oss att vänta är i sovrummet ifall han dyker upp.

Gerhard plockade upp sin gamla Samsung som i alla fall dög till att swisha med och förde över trehundra till Hasse. Hasse hade gjort sig förtjänt av pengarna för en gångs skull.

Han hittade Greta i sovrummet och satte sig på sängkanten. Hon hade satt upp sin platta på nattygsbordet och bläddrade fram olika bilder. Han kunde se trappuppgången, nästa bild var köket sedan rummet och en bild från balkongen och sedan kunde han se sig själv. Med hjälp av vinkeln han kunde se sig själv upptäckte han den lilla kameran uppe vid taket innanför dörren.

– Nu är det lugnt, vi kan fortsätta där vi slutade?

Gerhard hoppade till när hon sa det.

– Du menar väl inte att vi ska hångla när du har kamerorna påslagna.

– Okej, jag släcker ner den som är i det här rummet. Är du nöjd då.

– Då kanske dom funderar vad vi håller på med, Har du tänkt på att den som är ute efter telefonen kan dyka upp?

– Vi får ta det som det kommer. Jag kan vrida vinkeln lite så att inte sängen syns. Vet du nåt bättre sätt att vänta på än att kela lite?

Det visste inte Gerhard och gjorde inget motstånd när hon efter att ha vridit kameran lekfullt knuffade ner honom på sängen. Leende såg hon ner på honom och lossade remmarna till pistolhölstret och tog av sig det.

Det råkade hamna bredvid honom och han fattade tag i kolven drog ut pistolen ur hölstret. Om det skulle behövas kanske han själv skulle ... All tankeverksamhet försvann när hon lade sig ovanpå honom. Samtidigt såg han i ögonvrån att plattan på nattygsbordet slocknat.

– Plattan har slocknat. har det blivit nåt fel? .

Greta kastade en blick på den.

– Det har aldrig hänt förut, men någon gång ska väl vara den första.

– Tar du så lätt på det?

– Vi är uppkopplade med dom andra. Orvar har säkert redan sett det och får snart fart på det igen. Det fixar han på några minuter så glöm plattan. Det krävs avancerade grejer för att störa vårt nätverk.

– Så avancerat var det inte. Och inte dörrlåset heller, hördes en manlig röst säga och Gerhard såg en person iklädd overall med pistol i handen stå i dörröppningen. Gerhard var ingen expert, men det såg ut att sitta en ljuddämpare på den.

Gerhard märkte att Greta trevade efter sin pistol och eftersom den fanns skymd för mannen kunde Gerhard ge henne den. Säkert hade det slagits larm och hjälp var på väg, men för att vinna tid måste han distrahera mannen i dörröppningen. Men hur skulle Greta kunna överrumpla mannen i dörröppningen när hon låg platt på hans mage?

– Vill du nånting särskilt eftersom du viftar med den där? lyckades Gerhard säga utan att darra på rösten.

– Synd om jag avbryter nånting men jag behöver telefonen och är här för att hämta den. ag vet att ni är agenter men det spelar ingen roll, jag kan inte lämna några vittnen. Var är den?

– Du kommer knappast att ha nån användning av den. Vårt team vet redan vem du är och vi har väntat på dig. Eftersom du knappast har tid att leta om du gör dig av med oss så varför inte inse att det är över. Det är det redan för om du tittar över axeln så ...

Mannen vred snabbt på huvudet och samtidigt kände Gerhard hur Gretas kropp spändes och i nästa ögonblick lättade trycket från hans kropp. Skottet gav ett eko i rummet och han såg mannens förvånade min. Armen som höll pistolen sjönk sakta ner efter sidan och Gerhard såg hur han kämpade för att lyfta den igen. Ett ploppande ljud hördes innan han tappade pistolen.

Gerhard såg hur en blodfläck började spridas på overallen innan mannen föll baklänges mot dörren och sjönk ner på golvet. Som bedövad såg han Greta vigt hoppa ur sängen och försiktigt närma sig mannen som låg på golvet. Hon petade undan pistolen med foten och lutade sig fram för att känna på mannens hals. När hon reste sig upp såg Gerhard hur lättad hon verkade vara.

– Han har puls och lever än så länge men vi måste kalla på ambulans.

– Behövs inte, vi är här och tar hand om det.

Rösten kände Gerhard igen trotts att han var döv på ena örat av knallen från Gretas pistol. Han kunde inte missta sig på kroppshyddan som fyllde dörröppningen tillhörde Burt. Gerhard blev inte ens förvånad över att se honom eftersom det började bli en vana att han ljudlöst dök upp ur tomma intet för att ta över.

– Orvar såg att systemet slocknade så vi var hack i häl på honom. Snyggt jobbat Greta och det gäller dig också Gerhard.

– Men det var på håret, hörde Gerhard Greta säga.

273

– En av våra män såg en servicebil från HSB komma och en kille gick ner i källaren. Alla som gick in i huset sågs som misstänkta, det var signalen att ingripa. Men så hörde jag att vårt system låg nere. Det var tydligen fråga om sekunder som vi hade på vår sida den här gången.

– Och dom sekunderna fixade Gerhard att jag fick. Han körde med ett gammalt trick men det fungerade. Jag har fått en bra partner.

Det hördes röster ute i hallen och två personer med en enkel bår lyfte snabbt upp mannen på den. Den ena gjorde precis som Greta och höll handen mot den skadades hals innan de försvann lika hastigt som de kommit. Istället dök Herman upp i dörröppningen.

– Tack för bilden ska jag väl säga. Men hjälp av den kunde vi identifiera den vi senaste tiden misstänkt ligga bakom. Tamara, eller Tanja som hon kallar sig är faktiskt ledare för en av ligorna. Två gäng har gått samman för att skapa en ny smugglingsväg. Som det ser ut kommer en massa personer att få det hett om öronen.

– Tack vare Gerhard som plockade med sig telefonen,

– Du har rätt Greta. Bra jobbat Gerhard, det blir säkert en bra agent av dig med lite träning. Under tiden det kommer att städas upp lite ute i Europa kan det behöva städas upp här också, det ser grisigt ut. Jag skickar över folk som gör det så kan ni gå ut och fira.

Gerhard hade inte sett det tidigare men nu såg han tydligt blodet på dörren och dörrkarmen. Det fanns antagligen på golvet också och det vände sig i magen på honom.

– Vi sparar firandet och grovstädar lite så får någon komma hit i morgon istället. Vi har en sak vi måste göra och det kan inte vänta, hörde han Greta säga.

Gerhard stirrade på henne. Vad var det som måste göras och inte kunde vänta ...?

– Gör som ni vill, men vi ses på kontoret i morgon.

Herman försvann småskrattande och Gerhard kunde höra ytterdörren stängas. Greta försvann ut ur sovrummet och kom tillbaka med en hink och trasor. Snabbt torkade hon av dörren och karmen innan hon torkade upp på golvet. Han hörde henne muttra att tokskallen skjutit hål i golvet innan hon försvann och han hörde ytterdörren öppnas och stängas.

Han behövde inte vänta lång stund innan dörren öppnades och stängdes, sedan hördes det klickande ljudet från dörrens låskolv och skrapande från regeln till säkerhetslåset.

Han hörde Greta öppna skåpluckor i köket och sedan hur hon spolade i vattenkranen. Det tog inte lång stund innan hon dök upp i dörröppningen med ett glas vatten i handen. Han tyckte hon betedde sig underligt när hon ställde glaset på nattygsbordet och han såg att hon gömde någonting bakom ryggen. Gerhard kunde inte se vad hon släppte på golvet men kände hur magmusklerna spändes när hon utan att säga någonting tog av sig blusen och kjolen. I bara behå och trosor kom hon fram och började knäppa upp hans byxor.

– Vad gör du?

– Det är inte en fråga om vad jag gör för du måste också hjälpa till. Den hjälp du gav mig för att kunna överrumpla den där killen räddade oss. Om inte hade vi inte kunnat göra det här, men det är dags för dig att välja.

Gerhard fattade ingenting men lät henne dra av byxorna och kalsongerna. Han blev inte klok på vad hon höll på med. Var det så här det gick till när dom tuffa tjejerna tog för sig? Hon såg sammanbiten ut när hon satte sig grensle över hans ben och knäppte upp skjortan och lirkade av honom den.

– Kan du vara lite hjälpsam också, sa hon och han knäppte upp hennes behå.

Hon rullade av honom och drog av sig trosorna.

– Nu har vi kommit så långt att det är dags för dig att välja, sa hon och böjde sig ner för att ta upp någonting från golvet.

Gerhard stirrade när hon drog på sig en blond peruk och trutade med munnen. Samtidigt såg han det lilla märket på insidan av låret, ett litet rött födelsemärke. Innerst inne hade han anat det men inte varit säker.

– Nå, vilken av oss väljer du? Frågan blev hängande i luften och han låtsades fundera vilket verkade göra henne osäker.

– Jag får ju båda två i alla fall så varför måste jag välja? Jag väljer den som jag tror passar mig bäst.

– Sluta håll mig på sträckbänken, jag vill veta.

– I så fall väljer jag dig som inte behöver ha peruk.

Han såg hur hon drog av sig peruken och slängde iväg den. Sakta lutade hon sig fram och kom så nära att han kände hennes bröst mot sin bröstkorg.

– Det där var inte svar nog, sa hon och började gnida sin kropp mot honom.

– Jag kände det nog första gången du satte dig med mig på fiket. Dessutom är du mycket trevligare att umgås med när du är dig själv.

– Ska jag spara peruken?

– Behövs inte för du är lika snygg utan den. Sexigare också
för den delen.

– Ska vi ta reda på hur sexig jag kan vara?

– Bara inte kamerorna kopplats på igen så.

– Jäklar, tänk om Orvar fått igång systemet! Han kanske kan
justera vinkeln också.

– Det får vi väl veta i morgon i så fall.

– Det ska du ha klart för dig att du blir tvungen att gifta dig
med mig direkt om det är så. Du vet att jag har en pistol och
kan använda den.

– Visserligen är jag bara en ofrivillig agent som Herman sa,
men jag har lärt mig mycket under den här tiden. Vi har inte
kommit så här långt tidigare och du har aldrig varit med om
min konst att skjuta från höften. Visserligen är du ett proffs,
men visst är det dumt att hota en som siktar på din mage med
en skarpladdad och osäkrad ...

Han tystnade när hon skrattande kramade om och kysste
honom. Hon reste på överkroppen och han hörde att hon
drog ut lådan till nattygsbordet. Med ett stort leende i ansiktet
höll hon upp en kondomförpackning.

– Den här ska väl säkra den, eller hur? sa hon och rev upp
förpackningen med tänderna..

– Är du inte klok. Akta så du inte biter sönder den. Finns det
bitmärken på den gäller knappast garantin.

– Vilken garanti?

– Pengarna tillbaka om den går sönder.

Hon skrattade så våldsamt att hon fumlade när hon skulle
sätta på den.

– Första gången? kunde han inte låta bli att fråga.

– Första och sista gången. I fortsättningen får du göra det
själv.

– I fortsättningen ... menar du allvar?

– Jag är inget engångsligg vet du.

– Tror du verkligen att jag skulle se dig som det? Fattar du
inte att du är det bästa som hänt mig? Vill du att vi ska vara
ihop sker det frivilligt och inte som en ofrivillig.

– Bara så du vet det har jag stora planer för oss. Men det kan
vi ta sen, nu kör vi.

Flyktigt hann han tänka att saker han läst och fantiserat om,
faktiskt kunde hända i verkligheten.

Kapitel 33

Gerhard vaknade och upptäckte att han låg ensam i sängen. En svag doft av Gretas parfym övertygade honom att han i alla fall inte drömt det som hänt innan de somnat. Han harklade sig för att visa han var vaken, men det var tyst i lägenheten. Bulan i huvudet fanns kvar när han kände efter men den svaga huvudvärken var ingenting mot den ömhet han tycktes ha i hela kroppen.

Han svor tyst när han svängde benen över sängkanten när det högg till i ryggen och försiktigt gick han till badrummet. Ett badlakan hängde på torkstället och rena underkläder var framlagda på tvättkorgen noterade han som hastigast innan han steg under duschen.

En kvart senare satte han sig vid köksbordet och virade av plasten av en färdigjord smörgås och fyllde muggen med kaffe från termosen. Minnesbilder av det som hänt dagen före fladdrade förbi, utan Greta hade han knappast suttit där han nu satt. Det slog honom att hon måste ha skjutit med vänster hand, men vad han sett hade hon hölstret under vänstra armhålan. Antagligen kunde hon skjuta lika bra med båda händerna, hon var ju ett proffs. Han kom av sig i tänkandet när telefonen ringde.

Ett glatt gomorron var det första han hörde Greta säga, sedan pratade hon tydligen med någon bredvid. Han stod tyst med luren i handen och väntade.

– Förlåt, det var Herman som var här, vi ska ha ett möte om en timme om du glömt det. Hur känner du dig?

– Öm i hela kroppen. Så mycket min kropp varit med om senaste dagarna kanske det inte är så underligt. Den har i alla fall aldrig varit med om nånting liknande.

– Gäller det även det som hände i natt?

– Märkte du inte att jag var ganska ringrostig?

– Det var vi två om ska du veta. Minns inte ens hur länge sen det var. Men med lite mer träning så ...

– Det var nog den enda träning jag klarar av på ett tag, känner mig ganska mörbultad. Vi ska vara på mötet om en timme sa du. Kommer du hit och vi går tillsammans?

– Det är därför jag ringer. Var tvungen att sticka iväg utan att väcka dig. Min lägenhet var uppochnervänd. Dom som gjorde det finns på film. Hur dom var klädda i alla fall om det kan vara till nån hjälp, Skinnjackan den ena hade verkade bekant men ansiktet gick inte att se för dom hade rånarhuvor. Vårt folk är i alla fall varnade och dom kommer att hålla ögonen öppna.

– Så det är inte över än?

– Som det ser ut är det inte det. Eftersom jag inte tog något vapen med mig är det bäst du tar det med dig. Du vet var krysset i centrum ligger, du går dit på några minuter så vi träffas där. Herman sa att han var orolig för vår del, men vad kan hända på en gågata. Men nu är du varnad så håll ögonen öppna och var försiktig. Förresten, se till att du är prydligt klädd, det hör till på ett möte.

Gerhard hängde upp telefonen och drack ur den sista skvätten ur muggen innan han gick in i sovrummet och drog ut lådan i nattygsbordet. Där låg Gretas hölster och inte bara en pistol utan två. Han tog upp den Greta skjutit med dagen före. Han virade ihop hölstret och gick ut och lade det i fickan på överrocken.

Han gick tillbaka för att titta på den andra pistolen. Vapnet såg tyngre ut än det var när han plockat upp det. Det stod Beretta M9 på den. Han hade läst att amerikanska armen använde den, men att Greta hade en var overkligt..

Gerhard fördrev tiden med att hålla i vapnet, höja upp det som han sett Greta gjort med båda händerna. Känslan att det var overkligt slog honom. För inte så länge sen hade den enda spänning han fått uppleva hade varit i böcker eller om pengarna skulle räcka till nästa utbetalning. Han kastade en blick på väggklockan, tiden hade gått snabbt och han lade tillbaka pistolen och satte fart för att hitta kostymen han haft tidigare.

Efter att ha tittat på termometern insåg han att överrocken inte skulle sitta i vägen. Han provade med att stoppa Gretas pistol i innerfickan men såg i spegeln att rocken hängde på sned. Han kontrollerade att pistolen var säkrad innan han stoppade ner den innanför byxlinningen. Han kunde inte låta bli att le, han kände sig som en tuffing. I någon bok han läst hade huvudpersonen gjort samma sak innan han skulle möta skurkar.

Kapitel 34

Gerhard sneddade över parkeringen vid torget som inte var fullt med bilar som det varit senast han gått där. Han hade nått fram till där han parkerat bilen då han kommit till staden när han reagerade på motorljudet från en bil. Han kastade en snabb blick upp mot gatan som ledde ner mot torget och såg den gamla risiga röda Volvon som dykt upp så många gånger.

Han var osäker på om de i bilen skulle känna igen honom. Gatuköket skulle skymma honom en kort stund så han gjorde en snabb rush fram till huset med betongklumpar på taket och uppför den lilla trappan.

Den lilla gången mynnade ut i ett litet torg. På andra sidan fanns en liknande gång och snabbt sprang han över det lilla torget. Gången slutade på baksidan av huset och han gick upp för den lilla backen och lutade sig fram så han kunde se mot torget.

Volvon kom i krypfart utefter gågatan. Gerhard kände omedelbart igen mannen som var lutad ut genom sidorutan, det var samma man som jagat Greta och suttit i bilen som försökt ramma deras bil. Han hade inte mycket tid på sig och

285

sprang tillbaka och in i den korta gången och kikade försiktigt runt hörnet och såg bakändan på Volvon sakta försvinna på väg mot krysset.

Han tittade på klockan och såg att han skulle möta Greta om fem minuter, kanske var hon redan på väg. Det fanns ingen tid att fundera över vad han skulle göra och han måste chansa att mannen inte kände igen honom.

Vid hörnet av vad han såg var en bank, stack han fram huvudet och såg att bilen var bortåt tjugo meter före honom men trots krypfarten skulle den snart vare framme vid krysset. Innan han över huvud taget visste vad han skulle göra drog han pistolen ur byxlinningen. Den som körde kunde ha varit samma en som vid källarna och kanske kände igen hans nya utseende. Den på passagerarsidan däremot skulle knappast göra det.. Gerhard gick så snabbt han kunde och nådde fram till bilen i samma ögonblick som mannen på passagerarsidan vred på huvudet.

Mannen kände inte igen honom utan verkade irriterad över att någon kommit nära bilen. Gerhard osäkrade pistolen och höll den framför sig med båda händerna och siktade på mannens huvud. Mannen såg chockad ut men lyfte sina händer och Gerhard hörde honom säga någonting på ett språk han inte förstod. Han drog sig lite bakåt och vinkade med handen att de skulle kliva ur. Dörrarna på båda sidor öppnades och männen klev ur.

Mannen som skuggat Greta hade ett stort plåster i pannan och ett rejält blåöga. Den andra mannen verkade vara för ung för att höra till ett hårdfört gäng och han såg nervös ut. Gerhard svepte med pistolen att de skulle gå ifrån bilen.

Det gnisslande ljudet från däck skar genom luften och det kom från torget. Gerhard såg de båda männen vrida på huvudet men vågade inte släppa männen med blicken och tanken att de fått förstärkning for genom huvudet. Det gnisslade från däcken när bilen bromsade och han hörde en bildörr slås upp och väntade vad som skulle hända.

– Bra gjort grabben, nu tar jag över som vanligt. Trodde inte jag skulle få städa upp efter dig ytterligare en gång, men du har det i dig grabben.

Gerhard hade kunnat kyssa den store mannen. Ytterligare en man han aldrig sett tidigare blev synlig och kröp in i Volvon medan Burt visiterade de båda männen.

– Stoppa ner pistolen och gå till mötet, vi kommer senare, hörde han Burt säga.

Lydigt stoppade han pistolen innanför byxlinningen efter att först säkrat den, men kom underfund med att han inte kunde flytta sina fötter. Spänningen hade släppt och benen kändes bortdomnade.

– Är du fullkomligt galen, eller ...?

Gerhard vred på huvudet och såg Greta var på väg emot honom. Hennes ansikte var spänt och läpparna darrade. Kanske hade han varit galen, men bara haft en enda tanke i huvudet att skydda henne. Hur skulle han förklara det för ett proffs som var van att ta hand om sig själv ...

– Har du tappat rösten samtidigt som förståndet?

Förvånad lade han märke till att Gretas röst låtit arg och kunde inte begripa varför. Ännu mer förvånad blev han när hon kom fram och drog ner hans huvud och kysste honom.

– Du skrämde livet ur mig. Jag kom precis fram till krysset och såg alltihop. Du hade ingen koll på den som körde, han kunde haft en pistol och skjutit. Det var inte det smartaste sättet du överrumplade dom på, men det fungerade. Men gör inte om det där, du gjorde alla fel som tänkas kan ändå blev det rätt. Hur känns det nu?

– Darrigt. Jag hade inget annat alternativ än att gå ikapp dom bakifrån, men nu inser jag att det kanske inte var så smart. Men som tur var nådde jag ända fram till bilen innan han upptäckte mig. Antagligen hördes inte mina steg på grund av motorljudet.

– Tur för dig. Och tur att Orvar hade order om att hålla reda på var du var. Han såg att du började röra dig fram och tillbaka och slog larm till Burt och Gus som var på väg till mötet, därför hann dom fram så snabbt. Tydligen visste inte dom här två att det var över och skulle ha stuckit från stan. Det har nog varit virrigt sen du plockade på dig den där Tamaras telefon.

– Hoppas det här var dom sista som behövde plockas upp av Burt, jag klarar nog inte av fler på ett bra tag som det känns.

– Tror inte det finns fler. Men det är så här det kan se ut för dom som jobbar åt Herman. Jobbet är inte riskfritt ska du veta, men man lär sig leva med spänningen. Har du inte fått smak för nya äventyr istället för det tråkiga liv du levde?

– Menar du att det blir en fortsättning på det här?

– Det är i alla fall vad du kommer att få höra av Herman, men han får tala om det själv för snart börjar mötet.

Gerhard följde snällt med när hon drog honom i armen.

Kapitel 35

Varför han skaffat ett pass för ett par år sedan hade han nästan glömt, men det hade varit en resa till Mallorca som aldrig blev av. Men nu skulle ha få användning för passet, Herman hade tagit det med sig till Stockholm för att skaffa ett visum på konsulatet. En formalitet hade han sagt.

Han sneglade på Greta som satt vid köksbordet och skrev på sin dator. På mötet hade hon varit mer pratsam, men det Herman sagt hade gjort honom stum. Cirkusen drar vidare hade han sagt, kontoret skulle skötas av någon en tid och sen läggas ner. Ingen hade frågat om han ville, det hade setts som en självklarhet att han skulle följa med, Först flytten till Sandviken och nu Chicago. Han måste nypa sig i armen för att vara säker på att det inte var en dröm.

Greta fällde ner locket på datorn och tittade upp på honom.

– Har skickat ett mejl till mamma, sa hon. Jag vill att du träffar henne så fort vi kommer hem.

– Hem säger du. Är det Chicago?

– Jag bor och jobbar där så naturligtvis pratar jag om Chicago.. Bor förresten inte långt från Hermans högkvarter som är nånting fantastiskt. Men nu blir det ett nytt jobb för jag har sagt upp mig. Jag kunde inte missa chansen som Herman hade att erbjuda. Jag blir din pt till att börja med.

– Betyder pt samma sak som är så poppis nu att du ska bli min personliga tränare?

– Jag har mycket att lära ut vet du.

– Jag ska alltså gå från att vara en ofrivillig till att bli en riktig agent.

– Det är tänkt så, men inte bara det. Vi ska båda tränas att ta över Hermans företag om något år. Herman har räknat ut allt, till och med att vi skulle passa ihop.

– Vet inte hur Herman tänkte, men om han använde mig som lockbete för att få dig intresserad var det inte speciellt smart.

– Inte till att börja med, men du vinner i längden. Herman skrev nånting till mig första dagen och efter några dagar hos dig måste jag ge honom rätt. Jag vet att du gillade mig också när jag var Maj, men var skicklig att hålla masken när jag åkte hem.

– Som Maj var du på något sätt i en helt annan liga. Men vi hade roligt tillsammans och visst saknade jag dig när du åkte. Men allt har gått så fort, nu är det alltså meningen att jag hädanefter ska bo i Chicago. Mamma kommer att få fnatt.

– Inte alls. Chicago är basen för verksamheten, men det kan bli mycket resande. Förresten så har Herman pratat med din mamma och hon kommer att besöka oss.

– Du sa oss, betyder det att vi ska bo ihop, eller hur har du tänkt det?

– Har större planer än så, men det är bäst att ta det lugnt och försiktigt. men jag har talat om för mamma och Herman hur det ska bli.

– När Herman tog kontakt med mig på biblioteket hade han alltså räknat ut allting. Han visste att jag skulle nappa på det han sa. Som det där han sa att jag skulle se det som ett spel där jag kunde kamma hem vinsten. Har han räknat ut att det ska bli vi två också?

– Jodå, han har styrt mig också. Första gången jag frågade vem du var, sa han att du var någon jag skulle gilla. Och det gjorde jag, hoppas det känns på samma sätt för dig.

– Det behöver du inte ens fråga om. jag är bara förvånad över att du vill ha mig. När jag gick i kapp bilen berodde det på att jag bara hade en enda tanke i huvudet. Det låter kanske dumt i dina öron men ...

– Vilken tanke hade du i huvudet?

– Att du var obeväpnad och vad som skulle hända om han kände igen dig utan dom hemska kläderna.

Gerhard blev inte klok på varför hennes ansikte lyste upp, reste sig och gick runt bordet. Hon lutade sig fram och lade händerna mot hans kinder och kysste honom.

– Vad var det där för?

– Därför att du var beredd att utsätta dig för fara för min skull. Räcker det inte med en kyss som tack?

– Hade inte väntat mig något alls. Du började skälla ut mig redan när du rundat hörnet vid krysset. Tänkte inte på att du är proffs och kan klara dig själv

– Men hade knappast kunnat göra det obeväpnad, eller hur?

– När du säger det så. Men jag tror inte du fattar hur overkligt det här är för mig.

– Säkert lika overkligt som det är för mig. Mamma har tjatat men jag har inte varit intresserad av att bilda familj, skaffa man och barn. Hus har jag redan och ...

– Du verkar redan börjat planera för hur det ska bli. Men jag då? avbröt Gerhard henne.

– Du får ett nytt spännande liv. Har du nånting emot det?

– Inte direkt. Men det känns som om jag inte hinner med.

– Om du ska bestämma takten händer ingenting.

– Jag vet och därför känns det overkligt. Jag är ingen som strulat runt och vet inte om jag duger eller inte. Kan inte fatta vad du ser hos en helt vanlig kille som mig.

– Om du menar hur du är i sängen så kommer övning att ge färdighet. Det gäller för mig också. Gerhard, du måste tro mig när jag säger att du är en naturbegåvning på det också och på mig hittade du då rätta knapparna. Vi ska inte göra barn på ett bra tag, men du kanske känner för träna bort ringrosten?

– Nu?

– Vi har ju ingenting annat för oss, vet du.

– Okej.